家族をさがす旅

家族をさがす旅

息子がたどる父の青春

町田哲也
Machida Tetsuya

岩波書店

目　次

第一章　緊急入院

「お父さんの具合が悪いの。大至急、病院に来られる？」

携帯電話のメッセージを聞いたとき、ぼくの頭に浮かんだのは、「ついに来たか」という言葉だった。

平成二九年（二〇一七年）八月一七日のことだった。何日か前から、父の容体が悪いことは聞かされていた。週末の定期健診で内臓に出血が見つかり、救急車で病院に搬送されたという。入院するにあたって、保証人になって欲しいと母に頼まれていた。

「そんなにまずい状況なの？」

「腎臓だと思ってたら、別のところが悪いみたいなの」

すぐに母の携帯に折り返すと、パニック気味の声が聞こえてきた。

「別のところ？」

「出血がひどいからひとまず輸血したんだけど、どこかに傷口があって漏れてるらしいのよ」

「どこかって、レントゲンじゃわからないの？」

「はっきりしないんだって」

「出血箇所をたしかめるために、わざわざ手術をするっていうの？」

「それが一番確実な方法らしいのよ。今までにあまりないケースらしくて、この年齢での手術だと何が起きるかわからないから、近くにいる家族は呼んで欲しいっていうのが先生の指示なの」

「わかった。あとで連絡する」

ぼくは煮え切らない思いを抑えると、いったん携帯を切った。今から早退しても大丈夫か、予定を確認しておく必要があった。

タイミングは最悪だった。ぼくは証券会社で、企業の資金調達をサポートする部署に所属していた。昼は同じ部署に異動してきた転入者とのランチが予定されており、午後は一三時半から顧客訪問。一五時半と一七時からは、それぞれ社内でミーティングがあった。

ランチは課のメンバーが出席することになっており、自分が抜けてもそれほど影響はない。しかし訪問する会社は数百億円規模の調達を想定しており、慎重に準備を進めていく必要があった。また社内ミーティングの一つは資金調達の提案書を週明けに提出する予定の会社のもので、責任者として運営を仕切る必要があった。

悩んだ末に病院に向かう決断を下したのは、姉に頼るのがむずかしかったからだ。姉は六月に二人目を出産したばかりで、幼稚園に通う上の子の面倒も見なければならない。

ぼくは病院のホームページで場所を確認すると、関係者に事情を説明した。ミーティングは、翌日以降にあらためて時間を調整するしかない。顧客企業への訪問は変更できないので、担当者に対応を任せることにした。

病院は埼玉県のO市にあった。一一時過ぎに大手町のオフィスを出ると、病院の最寄りの駅に着くのは一二時半になる。駅からタクシーで向かうとして、到着は一二時四〇分頃だろうか。そんなメッセージを母に送ると、急いで荷物をまとめた。


父が身体に不調を訴えたのは、八月に入ってからだった。血圧が低下し、身体がフラフラして歩けない。食欲もなく、腎臓病対策のおかゆを作っても食べられない状態が続いていた。

もともと腎臓が悪く、食事には気を遣っていた。自営業のパン屋を閉めて一〇年以上になる。株式の売買をするのが趣味で、一日中テレビやインターネットを見ているような生活だった。

母は都内にある姉の自宅に毎日のように通っては、孫の面倒を見ていたので、父の相手をすることができなかった。週末に定期検診を控え、何とかなるだろうという気持ちも強かった。

定期健診の日、母の運転する車からどうにか病院の外来まで歩き切ると、父は即刻入院をいい渡された。入院することも想定していたようで、父にさほど驚いた様子はなかった。むしろ希望する病院が盆前の土曜日という理由から受け入れられず、残念な様子だったという。

O市内にあるメディカルセンターに入院が決まり、運ばれたのはその日の一二時過ぎだった。大部屋のベッドが空いていないため個室に入ることになったが、誰もいない環境が逆に良くなかった。帰宅した母に病院から連絡があり、父が騒いでいると知らされた。

翌日母が見舞いに行くと、父の体調は最悪だった。

下痢がひどく、発熱したうえに血圧が低い。情緒不安定で、死ぬと大声で叫び、パニック状態に陥っていた。

母にはなぜ早く来てくれないのかと怒鳴り、窓から飛び降りると騒ぐ。朝から廊下に座り込んで、ジュースが飲みたいといっていたらしい。個室のため誰にも反応してもらえず、一人で不安だったようだ。

母が来たことで少し落ち着いたが、症状は変わらなかった。貧血がひどいため、予定されていた内臓の検査を早めることになった。

食事と水分補給が禁止され、父は水を飲めないのがつらそうだった。検査の待ち時間が長いことに加えて、点滴の針がうまく入らず、腕がパンパンに腫れてしまったのもイライラする一因になった。

「文句ばかりいわれても困るのよね」

ぼくはO市に向かう電車のなかで、母の小言を思い出していた。

父は独善的な性格だった。何ごとも自分の考えを通そうとして他人の意見を聞かず、気に入らなければ暴力をふるう。友人は少なく、近所づき合いもほとんどなかった。

世のなかを斜めに見るのはいつものことで、口を開けばまず文句が出てくる。食事の内容、テレビのキャスターの話し方、コンビニの店員の接客態度などあらゆるものに批判がおよび、必然的に一緒に暮らす家族が不平につき合わされることになる。

母の小言に何もいえなかったのは、二人が一〇年前に離婚していたからだった。世にいう熟年離婚で、ぼくの結婚を機に、母が切り出していた。父の家庭内暴力に三〇年以上耐えてきた母にすると、子どもが独立して思うところがあったのだろう。

かといって二人の関係が完全に断絶するわけでもなく、七五歳になった父が、住んでいたアパートの更新がむずかしくなったという理由で実家に転がり込んできたのは三年前のことだった。

母としても、一度は家族として暮らした相手だ。泣きつかれては、無下《むげ》に断るわけにもいかなかったのだろう。

復縁したわけではないので、父は家の敷地内にあるプレハブで暮らす形をとることになった。まだパン屋をやっていた頃、工場として使っていた建物だ。

二人の間には簡単な会話はあったが、行き来はほとんどなかったという。母の留守中に来た宅配便を預かってもらったり、病院への送迎をする程度だ。同じ土地とはいえ別居している母に、父の世話のすべてを任せるわけにはいかなかった。

集中治療室の前にある控え室に入ると、母がぼくの顔を見て不安げな表情をした。

「時間を繰りあげて、手術に入ることになったみたいなの」

「いきなり変わったの？」

「準備が早くできたからっていうんだけど、詳しい説明はなくてね」

もともと一四時スタートと予定されていた手術が、一時間ほど早くはじまったことから事態の切迫感が伝わってくるようだった。

「どれくらいかかりそう？」

「容体次第だけど、先生がいうには、三時間はかかるんじゃないかって」

「そうか」

ぼくは荷物とジャケットを置くと、母と正面から向かい合う位置に座った。

「意識はしっかりしてるみたいだけど、熱が高くてね。血圧が下がってからは、ずっと寝てるのよ」

「食欲は？」

「ここ数日はぜんぜんよ。おかゆもほとんど食べられなくて、冷たい水を口に含むくらいかな。栄養は点滴を通してね」

「手術が終わるまで、ここで待ってるしかないか」

母がうなずくのを確認すると、ぼくはトイレに行って、気持ちを落ち着かせた。

ぼくにとって、父は憎むべき存在だった。小さい頃から遊んでもらった記憶がほとんどなく、憶えているのは怒られたことばかりだ。家に帰る時間が遅くなったり、勉強をしなかったりすると、殴られてロープで縛られたこともある。厳しいとか躾といった次元を超えた育て方だった。

成長するにつれてそんな扱いに我慢できなくなると、ぼくも口ごたえするようになった。父にすれば、親に反発する子どもが許せなかったのだろう。

暴力がエスカレートすると、父は家のなかの椅子や机を壊しはじめた。母が父に抵抗しないのは、ぼくにとって大きな謎だった。何をいっても仕方がないと、あきらめていたのだろうか。「お前が謝るしかないんだよ」といって、事態を収めようとする母が恨めしかった。

そんな父が、生死をさまよう場所に立たされているという。憎むという感情は時間が経過する過程で薄まっていたが、和解するところまで父とぼくの関係が改善していたわけではない。突然の展開に、自分がどのような感情を持てばよいかわからなかった。

集中治療室のある病院の三階には、ほとんど人がいなかった。二階の正面フロントでのにぎわいが別の建物のように思える。ぼくは控え室に戻ると、最初の疑問を口にした。

「もともとは腎臓が悪かったんでしょ?」

「そうなの。腎臓だと思って検査してたら、別の異状が見つかったみたいなの。貧血と血便がひどくて、まずは原因を特定しないことにはどうしようもないっていうのが先生の話なのよ」

「何で今までわからなかったんだろうな」

「こんなことになるんだったら、私がもう少し早く病院に連れてくれれば良かったんだよ」

母はメガネを外すと、思いつめた表情をした。姉の家に通っていて、父の異変に気づかなかった自分を責めているようないいぶりだった。

「それは仕方ないよ。病院に行けっていったって、すんなりいうことを聞くような性格じゃないんだから」

「今回はちょっと違ったのよ。もう自分は長くないからって。自分の携帯を解約して、株も売却して、身の周りのものはぜんぶ処分しようとしてたの」

「株も?」

母はうなずいた。

「これしかないけどって残ったお金を私にもくれて。明日からどうするのって訊いたら、自分は死ぬかもしれないから持ってても仕方ないって。私もまさかこんなことになるとは思ってなかったから、ビックリしちゃって」

父は病院に行く前日までに、最悪の事態も覚悟して生活を整理していた。そんな父と、ジュースが欲しい、入れ歯を忘れたと、小さなことで騒ぐ姿が重ならない。死が近づいたことで不安をおぼえたのだろうか。

姉が二人の子どもを連れてくると、控え室が一気に騒がしくなった。

「ごめんね。遅くなっちゃった」

「来られないんじゃなかったの？」

「さっきお母さんには連絡したんだけど、どうにかうちの人に都合をつけてもらって、明日迎えに来てもらうことにしたの」

「じゃあ、今日は泊まりか」

「そうさせてもらおうかな。話ができるのも、最後になるかもしれないし」

姉はベビーカーから赤ちゃんを抱きあげると、母に父の様子を訊いた。慣れない様子で周囲を見回す三歳の女の子は、幼稚園を早退してきた理由をよくわかっていないようだった。

「智弘は呼んでないの？」

「ぜんぜん連絡がつかなくてね。どうにかして来て欲しいんだけど」

「相変わらずか」

しばらく前に家を出た弟のことだ。ぼくより六歳下で、小さい頃からおとなしい末っ子という存在だったが、大学生のときに突然家出をして中退するなど、直情的な行動をとるようになった。今では家族との連絡も絶ち、Ｏ市内のどこかで働いているらしいということしかわからなかった。

母は姉にも父の症状をひと通り説明すると、ひと息ついてからぼくを見た。

「こんなときだから、あなたに説明しておこうと思うんだけどね」

「どうしたの？」

素っ気ないいい方をしたのは、準備ができていると伝えたいからだった。父の病状についてどんなことをいわれても、驚かない自信があった。

「実は、あなたのお兄さんにあたる人がいるの」

「お兄さん？」

「私と結婚する前の奥さんとの子どもなのよ」

冷静に話す母の表情に、ぼくはどう反応してよいかわからなかった。

ぼくは母との結婚が再婚だということすら知らなかったので、もちろん前妻との間に父の子どもがいることも聞いていなかった。すぐに頭に浮かんだのは、虚言癖だった。父はよく嘘をついて、ものごとを何倍にも大きくいうことがあった。

「また嘘ついてるだけじゃないの？」

「本当なのよ」

「自分でいってるだけで、誰も会ったことはないんだろ？」

「……」

「証拠がないんだったら、本気にしちゃダメだよ」

「私と結婚する前に、千葉でおばあちゃんたちと一緒に暮らしてたことがあったのよ」

「おばあちゃんの家で?」

「そう。家族三人、面倒を見てもらってた時期があるんだって。これは私もおばあちゃんから直接聞いた話だから、嘘じゃないと思う」

「本当かよ」

ぼくがその話を受け入れざるを得ないと思ったのは、母の言葉に切実さがあったからではない。話を聞いている姉の表情に、何の驚きもなかったからだった。

「知ってたの?」

「少し前に聞いたことがあるわよ」

ぼくの問いかけに姉はうなずいた。

「信じるのか?」

「そんなことで嘘ついてどうするのよ。歌舞伎町あたりで働いてるっていうし」

「歌舞伎町」という地名に、ぼくの兄にあたるという人物が具体性を帯びてくるようで、姉の平然とした態度が意外だった。

「何でそんなこと、今になって……」

「聞いてなかったんだね」

姉はぼくが知らなかったことに、意外そうな表情をした。

教えてくれても良かったんじゃないか。そんな言葉を吐こうとしたが、あえて父に近づこうとしなかったのはぼくのほうだった。

父の暴力は、ぼくが高校生になる頃まで続いた。憶えているのは、中学生のときだ。教師に生意気な態度をとって、親が呼び出されたことがあった。父はパン屋の名前が書かれた車で学校に乗り込むと、担任の教師の前で思い切りぼくを殴った。

うちはこういう教育方針ですからといってぼくをにらみつける父に、唖然とする教師の表情が今でも忘れられない。

父に強く反発するようになったのは、高校生のときだ。父は酔って家に帰ってくると、ぼくの生活態度が悪いと夜遅くまで説教をすることがあった。

面倒くさそうな表情が気に入らなかったのか、ぼくの部屋にあがり込んで洋服簞笥の中身をぶちまけたときには、思わず怒鳴り返していた。

階段を下りていく父の背中を蹴とばしたい自分を抑えたことに、その後何度も後悔したものだった。あのとき階段から突き落としていれば、父以外の家族四人はもっと平穏に生きていたのではないか。しかし現実のぼくは、父に手をあげることなどできなかった。

大学に入ってからは、自然と父に距離を置くようになった。同じ家に住んでいても、自分から話しかけることはなかった。そんな息子の気持ちに気づいていたのだろう。父も細かいことで口出しするのを我慢しているようだった。

珍しく父が執着したのが、ぼくの就職先についてだった。当時業績の悪化した証券会社に入社することに、父は最後まで反対した。あんな会社は、すぐにでも潰れるという。ぼくが入社を決めたのは、そんな父への反発でもあった。

一年半年上の姉も、扱いはぼくとほとんど変わらなかった。女だからといって手加減はしない。姉は曲がったことが嫌いな性格で、父が母を殴りつけたときは、止めようとしたこともある。逆に父を怒らせて自分も殴られることになるのだが、そんな勇気ある姿勢がぼくにはうらやましかった。親子とはいえ、父に憎しみに近い感情を抱いていることは、姉も同じだと思っていた。そんな姉が子どもを産むと、暇を見つけては父に会わせに行くのが不思議でならなかった。

今にして思うと、父とのつながりが切れないようにという意図が、姉にあったような気がする。父に対する気持ちを、自分のなかで整理したいという思いもあったのだろう。すでに崩壊寸前の家族がどうにかもちこたえていたのは、姉の配慮があったからだった。

手術が終わったのは、開始から三時間半ほど経ってからだった。待ちかねた母が集中治療室に問い合わせると、看護師がちょうど終わったところだという。別室に呼ばれると、担当の八木医師が座っていた。

「いやあ、参りました」

ぼくと母の顔を見ると、八木医師が立ちあがった。

八木医師は身長一七五センチほどで、ラグビーをやっているようながっしりとした体格の持ち主だった。顔は日に焼けて赤くなっている。話しぶりから、誠実そうな雰囲気が漂ってきた。

「お疲れ様です」

「大変でしたよ。あまり診たことのない症状ばかりで」

「どういうことですか？」

「順番に説明しましょう。今日確認できたのは二つの症状です」

八木医師は席に着くと、ノートを取り出して新しいページに臓器の絵を描いた。肝臓の部分に斜線を引くと、何度か輪郭をなぞった。

「まずここです。肝臓が一リットルほどの膿でいっぱいになっています。出血はないですが、炎症を起こしています。理由はよくわかりませんが、何らかの菌が入ってきて、感染を起こしたのかもしれません。今はチューブを入れて膿を抜いています」

八木医師は、内臓が集中している部分をペンで差した。

「二つ目が十二指腸です。潰瘍を起こしています。炎症が、何らかのストレスから潰瘍になったことが考えられます。ここは少し複雑なのですが、まず胆のうにチューブを入れて、胆汁という消化液がなかにたまらないようにしています。それと十二指腸の一部と胃の三分の二を切除して、切り離しました。腸と胃はつながっていなくてはいけませんが、このままでは栄養がうまく流れていきません。胃にチューブを入れてたまったものを外に出し、腸にもチューブを入れて栄養剤を入れています」

「チューブがぜんぶで四本入ってるっていうことですか？」

「そうです。しばらく不自由ですが、仕方ないでしょう」

「どうにか治していただくことはできますでしょうか？」

母の言葉に、八木医師は困ったような表情をした。

「今は救命措置を施している状況で、そのあとのことは何ともいえないです。このままでは多臓器不全を起こしかねません。その際に怖いのが、心臓はもちろんですが、肺への感染です。血小板がたまってしまうと、フィルターが目詰まりを起こして、ほかの臓器にも悪影響をおよぼす可能性があります。ここ数日間が勝負ですね」

八木医師は、最悪の場合も想定される状況であることを隠さなかった。胃と腸がつながった正常な状態に戻るまでは、少なくとも六ヵ月はかかるという話を、母は脱力した様子で聞いていた。幸いだったのは、がんなど悪性の腫瘍が確認できなかったことだろうか。

「どうにかお願いします。助けてあげてください」

八木医師に深く頭を下げる母を見て、ぼくも隣で頭を下げた。

母は部屋から戻ると、姉に状況を説明した。解説を補足しながらぼくの頭に浮かんでいたのは、カルテに記された生年月日だった。一九三九年五月三日生まれと記されていた。

七八歳。記憶と違う。子どもの頃から一九四一年生まれと聞いていたのは、間違いだったのだろうか。父の年齢すら知らないのは、よくあることなのだろうか。思えばこんな間違いこそが、父とぼくとの関係を示していた。

◇

ぼくの父である町田道良は、昭和一四年（一九三九年）、父稔と母さえの間に生まれた。

稔は明治三八年（一九〇五年）、鹿児島県生まれ。旧国鉄に勤務し、戦中は中国の蘇州や上海で暮らしたこともある。昭和三六年（一九六一年）に脳溢血で倒れたときは、定年退職したばかりで国鉄共済会への再就職が決まっていたという。

さえは明治四五年（一九一二年）千葉県生まれで、実家は果物屋を営んでいた。稔とさえには聡子、紀子、千賀子、道良の四人の子どもがおり、父以外は三人とも女の子だった。

町田家が日本に戻ってきたのは、道良が五歳のときだ。千葉に移ったのは昭和二六年（一九五一年）、道良が中学一年のときだった。道良は隣町にある中学校に、三〇分ほどかけて通っていた。稔が国鉄に勤めていたので、家族は電車代がかからなかったという。

父方の家族のことは、昔からぼくはほとんど教えられることがなかった。母方の実家には年に数回帰るので、従兄弟同士も仲が良い。しかし父の姉妹は名前を聞くくらいで、遊びに行くこともなかった。

ぼくが父のことを調べようと思ったのは、自分に腹違いの兄がいるという事実にあまりにも現実味がなかったからだ。

兄にあたるという人物に対して、直接的な関心が湧いたわけではない。驚きはしたが、破天荒な生き方をしてきた父のことだ。信じられないというほどの受け止め方ではなかった。

むしろ気になったのは、父についてだった。腹違いの兄の存在に限らず、父の人生には、ぼくの知らない過去がまだ多く隠されているように思えた。

若い頃の父を知ることで、父が生きていくうえで何を選択し、何を切り捨てたかがわかるのではないか。家族を捨ててまで追い求めたものは何だったのか。それが自分のルーツにもつながるような気がしていた。

小さい頃の父の話を聞くうえですぐに思いついたのが、聡子と千賀子という二人の姉妹だった。末っ子である千賀子は、千葉県N市の実家に祖母と暮らしていたこともあって、何度か挨拶したことがある。一番上の姉の聡子に会うのは、法事くらいだった。

高校を卒業するまでの父の姿は、姉妹それぞれに別の印象を残していた。姉にとって父はかわいい弟であり、妹にとっては怖い兄だった。ぼくはそれぞれの家を訪問することにした。

まずアポイントを取ったのは、千葉県内に住む姉の聡子だった。八〇代半ばということもあり、記憶がたしかなうちに話を聞いておきたかった。

ＪＲとバスを乗り継いでいくと、家から一〇分程度の距離にあるバス停まで聡子が迎えに来てくれた。年齢を感じさせない姿勢の良さで、はっきりとした話し方をするかただった。

周辺の住宅地は高齢者ばかりで、子どもはほとんどいないという。静かな田舎町といった風情だ。高い建物がないため、青空が近く感じられる。夫は電機メーカーに長く勤めていたという、おっとりしたかただった。

聡子は稔が亡くなる二年前に家を出たので、道良が家庭内で暴力をふるうのを見た記憶がない。道良が二十歳《はたち》のときだ。稔が元気だった頃は、父も怖かったのではないか。稔は厳しい性格で、明治の人らしく規則正しい生活を旨としていた。

おはようございます、いただきますといった挨拶がなければ叱られたし、食事のときは必ず正座で、足を崩すと怒られた。西郷隆盛の血を引いているというのが口癖で、正月には書初めをしたのを憶えている。

稔は酒が好きで、陽気な一面もあった。

ある晩、突然お客さんを家に連れてきたことがあった。家族も誰だか知らないが、すき焼きでもご馳走しろというので、精いっぱいもてなした記憶がある。

翌朝訊いてみると、偶然電車のなかで知り合った人で、何の関係もないという。誰とでも仲良くなれる、明るい性格だった。

一方で、さえは躾の厳しい女性だった。内職で和裁をしており、丹前をよく縫っていた。子どもたちの着物は、生地を買ってきて自分で縫ってくれた。稔の死後しばらく一人で家計をやりくりしていたはずだが、聡子に家が貧しかったという記憶はない。

家を出てからの聡子に、父はどう見えたのだろうか。当時父が岩波映画製作所という会社でカメラマンをしていたことは、ぼくも断片的に聞かされていた。その頃に話を向けると、聡子は記憶をたどるような表情をした。

「そういえば、一度だけ道良が撮影したのに出たことがあったわね」

「映画ですか？」

「テレビコマーシャルだったような気がするけど、そうよね？」

聡子は思い出せないようで、隣に座る夫に訊いた。

「そうだったっけなあ」

「そうよ。ほら、みんなでテレビの前で映るのを待ってたじゃない。CMのモデルだったのよ」

「何のCMだか思い出せますか？」

「あれはね、どこか旅行に行くシーンだったんじゃないかしら。家族三人で、都内の駅まで行って撮影したのよ」

「三人っていうことは、お子さんも一緒に？」

「そうよ。髪をセットして、この人はスーツを着て準備をしたの。娘が五歳くらいだったから、一九六七年頃かしら。まだ家にビデオなんてなくて、放送される予定の日には、テレビの前でずっと待ってたの」

「間違いなく、CMですよね。何かの番組ではなくて」

「そうだったと思うけどね」

聡子は、つながりつつある記憶をそのまま並べた。ぼくはカメラマン時代の父についてはじめて得られた手がかりを失いたくなかった。

「そうよ。一週間くらい放送されてね、そのことを母にいったら、ものすごく怒られたの。何で道良からギャラをもらわなかったんだって。あの子はまた一人で儲けようとしてって、ずっと怒ってたわよ」

聡子にとって、それは道良が映像の仕事をしていた唯一の記憶だった。

父は岩波映画製作所に勤めていたことを、人生の誇りにしていた。まだ若い頃で、会社でも一番年下だったのだという。羽仁進、田原総一朗、東陽一、土本典昭、小川紳介……。父の口から飛び出てくる著名人の名前に、ぼくも心を躍らせたものだった。

ぼくが小さい頃、昔の映画関係の友人らしき人が家に来ては、壁にプロジェクターで映像を流したことがあった。そのうちの一人である佐川啓二はとくに仲が良かったようで、何度か家に遊びに来ては、「お父さんはすごい人だったんだよ」といっていた。

何がすごいのかはわからなかった。ただ父が尊敬されていることが感じられて、誇らしく思えた記憶がある。そんな父がなぜパン屋をやっているのかは謎だった。

「続ければよかったのに」

「映画なんて、儲からないもんなんだよ」

「そうなの？」

「こうやって家を買って暮らしていけるのも、映画をやめてきちんと働いてるからなんだぞ」

父の説明を聞きながらも、ぼくは映画の仕事に憧れる自分を隠せなかった。

父が経営していたのは、いたって普通の街のパン屋だ。新興住宅地に近いので、顧客の大半は主婦層だった。

一〇種類程度の菓子パンと食パンとフランスパン。それにケーキが並べられたショーケースだけで、店がいっぱいになってしまう。一日に数万円の売上げがあれば上出来だっただろう。

売上げが伸びないことに文句をいい、出入りする業者といい合う姿を見ていると、ぼくにはパン屋が楽しいとは思えなかった。パン屋という平凡な仕事より、映画を作っているほうが父親として格好いいような気がしていた。

どんな経緯があって、映画から遠ざかることになったのか。どんな作品を残したのか。関心はあったが、知ったところで現実が変わるわけでもない。むしろ余計なことをいって、父を怒らせるのが怖かった。父との関係が疎遠になっていくなかで、いつの間にか意識しなくなっていた。


千葉県N市で祖父母の墓参りをした際に、父の実家でもある、千賀子の家を訪ねたことがあった。千賀子は唯一の妹ということもあって、とくに父のわがままな姿を見ることが多かった。

父は千葉県内の県立高校を卒業している。地元の名門校で、入学したときは近所で話題になったらしい。

この頃にはじめたのがボクシングだ。祖母にはよく、目つきが悪くなったのはボクシングのせいだといわれていた。体力に自信があったのだろう。ボクシングを選んだのは、裸でもできるからだという。余計なことに金を使わないという金銭感覚は、小さい頃から持っていたようだ。

子どもの頃の道良は、放任されることが多かった。親からすれば、女の子三人がかわいくて仕方がない。父はケンカっ早くて、何ごとも相談せずに自分で決める性格だった。

一緒に暮らしていた頃の記憶で千賀子が鮮明に憶えているのは、高校生のときに靴で殴られたことだ。金がらみのトラブルだった。しばらく痣《あざ》が消えず、千賀子は友だちに、階段から落ちたと嘘をついた。

昭和三六年(一九六一年)、道良が二二歳のときに稔が死んでから、家庭内で暴力をふるうことが多くなった。

そんな父が困って最後に頼るのが、妹の千賀子だった。お金がなくなっては、当時勤めていた都内のデパートまで借りに来たものだった。借りるといっても、返してもらったことはない。断れば何をされるかわからない。とにかく怖いというのが道良の印象だった。

父がときどき、電話をしてくることがあった。千賀子が憶えているのは、飲み友だちが死んだときのことだ。「死んじゃったよ」と、悲しそうにつぶやいた。死を身近に感じて怖くなったのだろうか。

千賀子の話で最大の疑問は、父の学歴についてだった。父は千葉大学の出身だといっていたが、実際には法政大学だった。しかも短期大学部だという。

「そんな話、聞いたことがありませんでした」

「カッコつけたかったんでしょ」

「嘘ついたってどうしようもないのに」

「きょうだいで唯一の進学組よ。大学に行くのが憧れだったのよ」

千賀子は卒業式のあとで、父が大事そうに卒業証書を家族に見せたときのことを憶えている。

学歴に対する劣等感はわからなくもない。子どもへの教育上の配慮もあったのかもしれないが、ぼくにはそこまでして自分の過去を偽ろうとするのが不思議だった。

ぼくは翌日、法政大学に父の在籍記録について問い合わせた。父の人生を、正確に把握しておきたかった。

後日受け取った証明書には、やはり短期大学部卒業と書かれていた。商経科という経済系のコースらしく、当時は男子学生のほうが多かったという。昭和三六年四月に入学して二年後の三月に卒業しているので、二年制の通常の短期大学だ。

わからないのは、二一歳にして入学するにいたった背景だ。高校の卒業は昭和三三年三月になっているので、入学までに三年かかったことになる。想像できるのは、浪人したものの四年制はあきらめて短期大学に入ったという流れだ。

短大なら二年で卒業だし、法政卒というキャリアも間違いではない。しかし当時の町田家に、そこまでの経済的余裕があったとは思えない。入学金や学費は自分で用意したのだろうか。これまで知っていたはずの父が、どんどん遠ざかっていくような気がした。

父が入院してから、聡子と千賀子が二人で見舞いに来たことがあった。

ぼくも確認したいことがあったので、会社を中抜けすると、二人が病院に着く時間に合わせて一三時に見舞いに行った。できれば一日休みを取りたかったが、夕方の会議に出席する必要があり、休むわけにはいかなかった。

二人に父の容体を簡単に伝えると、父の昔の話になった。どうしても話題が、前の家族に向かってしまう。

「何も教えてくれなかったんだね」

病院のカフェテリアでぼくが前の家族のことを訊きはじめると、千賀子が不思議そうな顔をした。

「本当にそうなんです」

「触れて欲しくなかったんだと思うわよ。若い頃はいろいろあったから」

父の戸籍はすでに確認してあった。埼玉県Ｏ市の市役所には、父に関しては平成になって以降の記録しかない。その前に住んでいたＫ市にも記録はなく、あとは父が幼少期から過ごしていた千葉県Ｎ市に申請するしかなかった。

父の記録を調べることに、後ろめたさはなかった。学校の在籍記録や戸籍謄本、厚生年金の勤務記録など、父の人生を知ることのできる資料は限られていた。つながりのある親戚や友人も少ない。どうにかして若い日の父の素顔を探り出したかった。

古い戸籍謄本には、父の前の家族の記録が残っていた。栄子さんとの結婚は昭和四〇年(一九六五年)一〇月で、健太郎さんの誕生が翌四一年二月。妊娠六ヵ月での入籍だ。当時父は二六歳、栄子さんは二四歳だった。

結婚式は挙げなかったという。すでに祖父は亡くなっており、誰に相談することもなく、父が一人で決めたのだろう。三年半後の昭和四四年(一九六九年)九月には離婚している。

栄子さんの実家は栃木県にあった。すらっと背の高い、きれいなかただったという。理容学校を出て、理容師をしていた。

「とにかく、よくおばあちゃんとケンカしてたよ」

「そうそう、何でもやり方が違ってね」

聡子が例に挙げたのは、ご飯を温める手順だった。当時は鍋に布きんを敷いて、そこにご飯をのせて温めるのが一般的だが、ご飯の入った茶碗をそのまま鍋に入れようとしたという。地方出身のせいか、何ごともやり方が違ったのを憶えている。

「地元でかんぴょうがとれるらしくてね、持ってきてくれたことがあるんだけど、たくさんもらっても、どう料理すればいいのかわからないじゃない」

「昼間は働いてるから、子どもの面倒も見られなくてね、おばあちゃんと育て方でいい合ってたわよ」

二人の思い出話からは、町田家にうまく溶け込めない栄子さんの姿が見えるようだった。

「でも離婚すると、気が気じゃなくてね。子どもが中学校を卒業するまで、毎月養育費を送ってたわね」

「おばあちゃんが、ですか？」

「そうよ。栃木の家まで挨拶に行ったこともあるけど、向こうのお父さんはすごく感謝してたみたいよ」

「そのあと、再婚したみたいね」

健太郎さんはどうなったのかが気がかりだった。

また岩波映画での働きぶりにも、ぼくは関心があった。父がその頃のことを家族に話した記憶はほとんどなかった。酔うと二言三言教えてくれることはあったが、詳しく訊こうとすると、「もう終わった話だよ」とはぐらかされてしまう。

姉妹から情報が得られるとは思えなかったが、意外だったのは会社を辞める経緯だった。

「あの人は酒癖が悪いでしょ。それで大騒ぎになったことがあるのよ」

長女で一番早く家を出た聡子は、岩波映画に入ったあとの道良の様子を知らない。千賀子の話を、はじめて聞くようだった。

「酔っ払って、電車のなかで大騒ぎになってね。おばあちゃんが謝りに行ったことがあるの」

「会社にですか?」

「たしかそうよ。会社を辞めたのは、そんなことも影響してたんじゃないかな」

父の暴力が退職につながったことは、ぼくも以前から聞かされていた。背景に映像の表現をめぐる仲間内の対立があったのではないかと思い込んでいたが、電車内でのトラブルとは予想外だった。

父の人生を調べていくにつれて、どんな人間かが余計わからなくなっていくようだった。

ぼくが戸惑ったのは、一つひとつの事実がつながりを持たないことだった。説明を求めようにも、本人の意識はあいまいな状態に置かれている。目の前で眠る父が、見知らぬ人間のように思えてきた。

「お父さん、聡子さんと千賀子さんがお見舞いに来てくださいましたよ」

何度か呼ばれてようやく反応すると、父は不思議なものを見るように来訪者の顔を眺めた。

「おう、来たか」

口調はいつものままだったが、すぐに顔を歪めた。久しぶりに姉妹に会って、泣いているようだった。

意識は混濁状態にあるが、血圧と心拍数は正常だ。尿も自力で出している。血便がまだ続いているのは、以前の出血が混じっているのだろうか。主治医によると回復に向かっているとのことで、母もその言葉を信じるしかなかった。

「ずいぶん痩せちゃったね」

聡子は父の頭をなでると、バッグからのし袋を取り出して母に渡した。

「そんなもの、わざわざ持ってこなくていいよ」

「頼子さんにだよ」

「どうせ、たいした金じゃねえよ」

いつもの父の口調に、姉妹の顔から笑みがこぼれた。

しばらく話していると、看護師が様子を見に来た。定期的な確認だろう。脈拍を測って体調を訊く程度だが、父の不平をあしらうような態度が気に入らない。父は、立ち去る看護師の背中に文句をいいはじめた。

「何だあの態度は。あいつらのいうことなんか聞くなよ」

「何いってるのよ」

母が看護師に謝ったが、父はそんな母の対応も気に入らなかった。

「謝る話じゃねえよ」

「そんなことをいったら、気を悪くするでしょ。お父さんを看てくれてるんだから」

「関係ねえよ。もう、これを外してくれよ」

「点滴でしょ。ダメよ、そこから栄養を入れてるんだから」

「これ、お前のじゃないのかよ?」

「そんなわけないじゃない。お父さんがしてなくちゃいけないのよ。ちゃんとお医者さんのいうことを聞かないと、家にも帰れないんだから」

母の話を聞くと父はしばらく怒っていたが、突然、先生に寿司をおごるので自分のバッグをよこせといったり、ラーメンを食べに行くぞといったりした。

「まだまだ、文句をいえるだけ元気そうじゃない」

姉妹はそんな父の姿を、微笑ましく見ていた。

「あいつも来てるんだろ」

「誰よ、あいつって」

「智弘だよ。さっきいたじゃねえか」

「来てないわよ。お二人で千葉から来てくださったのよ」

弟はしばらく前に父と衝突して家を出て以来、連絡を取っていないことが家族の心配の種になっていた。母が説明しても、父は気にも留めない。

「その辺にいたじゃねえかよ。ちょっとその鏡の後ろあたりをよく見てみろよ」

「ここでいいの？」

母は父の指示に従って、鏡の周りを調べるそぶりをした。いったん妄想がはじまると、いちいち否定していては会話が進まない。ある程度父につき合うことが大事だと、母も気づいたのだろう。

「よく見てみろよ。あいつも俺に顔を見せづらいはずなんだ」

「ここにはいないわよ」

「本当か。ちゃんと見たんだな」

「ちゃんと調べましたよ」

「そうか」

安心したように、父は目を閉じた。入院生活が、もうすぐ一週間になろうとしていた。

◇

父が入院したメディカルセンターは、五年前に設立された新しい病院だ。駅から歩くには遠いのが難点だが、タクシーでワンメーターの距離なので、不便というほどでもない。病室が広く、設備も新しくて清潔なので安心だ。

父は術後、翌日には血圧、心拍数ともに正常のレベルまで戻っていたが、せん妄がはじまっていた。せん妄とは、意識がはっきりとせず、幻覚や錯覚を見る状態をいう。担当の医師によると、高齢の患者が大きな手術を受けたあとに見られる傾向があるという。

「俺は死ぬんだよ」

「お医者さんも大丈夫だっていってるんだから、そんなこといわないでよ」

「あいつらのいうことなんか聞くなよ。俺を殺そうとしてるんだ」

「変なこといわないでよ」

「お前はだまされてるんだよ」

父と母の間で当時よく交わされたのは、このような会話だ。脅迫的な思考になりやすく、誰と接しているのか見わけがつかない。

グローブのような手袋をさせて、お腹のチューブを引き抜かないようにしなければならなかった。チューブは点滴に用いるものと同じ太さで長さも変わらないので、力を入れればすぐに外せてしまいそうだった。

「これ何だよ?」

「チューブでしょ。ここから栄養分を入れてるのよ」

「こんなもの、どっかにしまっておけっていっただろ」

「お父さんのためにつけてるんだから、しまえないのよ」

「何でお前はあいつらのいうことばっかり聞くんだよ。俺のいうことも聞け」

「お医者さんのいうことをちゃんと聞かないと、退院できないよ」

医者の命令だ、いうことを聞かないと退院して家に帰れない、といえば父は落ち着くことが多かった。ぼくや姉は認識できないことがよくあったが、母を見間違えることはほとんどなかった。

問題は母がいないときだ。面会時間が制限されているので、夕方には母も帰らざるを得ない。病室に一人で残されると不安になるのか、父は大声で騒ぎ出すことがあった。そんなときは睡眠薬を投与することになる。当初は一日三回程度点滴に入れていたが、効きすぎるのが不安でもあった。

数日後、母は今後の方針を主治医の八木医師から聞かされた。

「まずは体力をつけることです。そのためには、点滴の量を増やして栄養状態を改善します。同時にリハビリを開始したいと思います」

「リハビリですか?」

「ええ。いつまでも寝ていては、体力が衰えるだけですから。頑張れば車椅子にも乗れるようになります」

母は話を聞きながら、どうしても今の状態から、父が自分の意志で動けるようになる姿がイメージできないようだった。

「そんなことが可能なのでしょうか?」

「大丈夫ですよ。町田さんは、年齢の割に身体が若い。今回がはじめての入院じゃないですか。大事なのは、回復することへの希望を失わないことです。まずは今週いっぱいで、一般病棟に移れるようにしましょう」

そう語る八木医師の表情が力強かった。

母が当初気にしていた腎臓には、今のところ大きな問題はないようだった。造影剤の影響で透析をする可能性があるといわれていたが、尿はしっかり出ているという。ただ腎臓機能が弱いので、身体のあちこちに浮腫がある。胸に水がたまるので、針を刺して水を抜いていた。

医師の説明で気になるのは、血便が手術後も止まらないことだった。出血性のショック症状で意識が遠くなることがあり、出血の原因を究明する必要があった。輸血しても内蔵のなかで出血しているのでは、いつまでたっても血圧が安定しない。

これだけ医学が発達して、最新の設備を駆使してもわからないことなどあるのだろうか。大腸には傷がなかったので、小腸のどこかにあるに違いないという。そんなアナログともいえる診断の手順が不思議でならなかった。

「どこから血が出てるかわからないのは、手術前と変わってないいんだね」

「小腸って長いんでしょ。どうしてもレントゲンだけじゃ、完全にわからないみたいなのよ」

看病が一段落すると、母とぼくはメディカルセンターの正面入り口の脇にあるカフェテリアで休むことがあった。

「古い血が流れ出てるっていう可能性もあるんでしょ？」

「もちろんそうだけど、最悪なのは、別のところから出血してる場合ね。今の出血量からすると、その可能性もあるんだって」

「なるほどね」

ぼくは紙コップに入ったコーヒーをひと口飲むと、疲れ切った母の表情を見た。

「お母さんの体調は大丈夫なの？」

「私は問題ないわよ」

「けっこう疲れてるんじゃない？　今でも歩いてるの？」

「そこまでの時間はないわね。時間があってもきついけどね」

母がよくウォーキングをしていることは、以前の会話から記憶に残っていた。

「お金の問題は？」

「今のところ年金があるから何とかなってる。県民共済からもいくらか支払われるしね。高齢者の医療費は上限があるから、それに薬品代とおむつ代を入れてトントンっていうところかしらね」

「足りなくなったらいってよ」

「ありがとう」

「仕事はしてないの?」

「今はぜんぶストップしてる。コンビニは都合がつけやすいけど、学校の仕事のほうはしばらく続けなくちゃいけないかな」

「社会保険労務士のほうは?」

「そっちはもともと仕事なんてないからいいのよ」

母は久しぶりに笑顔を見せた。

専門学校の職員の職を定年退職してから、母は社会保険労務士の資格を取得していた。月に数回のペースで昔勤めていた学校にサポートに行き、余裕のあるときにはコンビニでアルバイトをする。それが少し前までの、母の生活スタイルだった。

「お父さんのことで心配なのは、あのまま寝たきりになることなのよ」

「自分では動こうとしないの?」

「たいてい寝てるわね。起きると家に帰りたいって騒ぐから、昨日も三回睡眠薬を入れたみたいなの。騒ぐと出血する可能性があるから仕方ないって看護師さんはいうんだけど、どんどん元気がなくなっていくみたいで怖いのよ」

「睡眠薬を減らすようにいってみる?」

「そうね。暴れ出したときの対応が大変だけど、寝たきりにならずに回復できるのが一番いいからね」

「ここに長くいるわけにはいかないの？」

「お医者さんがいうには、早く家で看られるようになるのが一番いいんだって。がんじゃないから、あれでも介護しやすいみたいなの」

「家に帰るっていってもね……」

ぼくが気になっていたのは、誰が父の面倒を見るかだった。当然同じ敷地内に住む母が、一番距離が近い。しかし戸籍上は離婚しており、面倒を見る義理はない。完全に無視することはないだろうが、こちらから頼めないのは明らかだった。

「どうにか早く、家に帰らせてあげたいのよね」

「そんなことできる？」

「今は無理かもしれないけど、自分で歩けるようになれば何とか生活できるでしょ」

「あの性格じゃ、いうことなんか聞かないよ」

「そこは問題なんだけど、病院にぜんぶ任せるわけにもいかないじゃない」

ぼくが、母の父に対する気持ちを聞いたのははじめてだった。一〇年前に離婚したことのけじめから、父は勝手に家に入ることもなく、生活はしっかりわけているという。同居に近い生活がはじまることに困惑していると思っていただけに、母の態度が意外だった。

「今思えば、病院に行く前に何もできなかったことが、こんなことになった原因なんじゃないかって思えてならないの」

「そんなの関係ないに決まってるじゃないか」

「たしかにお父さんは苦しんでたのよ。病院に行ったほうがいいかなって迷うのを、押しとどめたのは私なの。孫の面倒を見るので忙しかったもんだからね」

「お母さんが行こうっていったって、本当に行ってたかどうかはわからないって」

母をなだめながらぼくが思っていたのは、周囲の助言に耳を傾けようとしない父の頑固さだった。昔は何度病院に行こうといっても、話を聞かなかった。

自分のせいで、父が寝たきりになるようなことがあってはたまらない。罪悪感に近い感情が母にあるのは事実だろうが、通常の夫婦に求められる感覚を押しつけるべきではないと思っていた。


睡眠薬を減らしてから、父の意識がはっきりしてきた。毎日のリハビリも継続し、つかまりながら歩くこともできるようになった。徐々に体力が回復してきた。

聞き取りにくいが、受け答えもできるようになった。関心のある話題には、きちんと答えることができる。とくにお金の話題は反応が早い。株式を売却したときの代金が証券会社から振り込まれたことを報告すると、何度も金額を確認していた。

体調が回復すれば、いつもの口調に戻るのは時間の問題だった。気に入らないことがあれば、母に怒鳴り散らすのは昔と同じだ。それが離婚の要因になったこともわからないのだろうか。

「余計なことをするな」、「お前は何もわかっちゃいない」、「神経を使え」など、入院以来つき添ってもらったことなど忘れたように怒るので、母もつらいだろう。

しかし、父はふとしたことで自信を失うことも少なくなかった。手術した主治医に傷を見せて欲しいと頼んでも見せてくれない。自分は治る見込みがないといい、不安になって泣き出すことがあった。感情の振れが激しい。子どもたちの名前を呼んでいたものの、見舞いには来なくていいと強がることもあった。

一進一退の変化がある一方で、退院の準備は着々と進められていった。

病院から相談員が紹介され、介護保険の申請方法について話を聞いた。介護認定を受けると、介護用ベッドを月額一五〇〇円で借りることができる。九月四日に病院で認定調査があるので、立ち会うことになった。

相談員からは、自宅療養のほかに療養型病院への転院も勧められた。費用はかかるが、介護の負担を考えると、こちらを選ばざるを得ない家庭もあるだろう。母は療養型病院のことも相談しながら、自宅療養を想定して和室の片づけをはじめていた。

この頃のリハビリは、病院内の廊下を歩くことだった。ベンチで休みながら、廊下の端から端までを往復する。当初は何度か休みながら歩いていたが、次第に普通に歩けるようになった。鼻の酸素チューブが外れ、血圧も正常だ。

気になるのは、今なおたまに見られる出血だった。内臓のどこかに、まだ傷口があるかもしれないという懸念が残っていた。また精神状態に振れが大きい。「手錠をはめられてつらい」、「年金をとられる」などと、せん妄で大声を出すことがあった。

手術から一週間後の八月二四日、父は一般病棟に移ることができた。ただし病室は重症の患者が入る部屋だったので、母は「重症病棟」と呼んでいた。ナースステーションのすぐ近くにある二人部屋で、常に看護師の目が届くようになっている。

主治医の説明では、二週間から一ヵ月で退院させたいとのことだった。

胃と腸がまだつながっていないため、引き続き胃ろうによりチューブを通じて廃棄液を出し、腸ろうで栄養剤を補給する必要がある。自宅療養の場合は、これらの処置も家族がしなければならない。栄養剤の交換や廃棄液の処理の手順を覚える必要があり、今後は面会時に練習することになった。

あまりにも早い退院の計画に、母は驚いていた。療養型病院に預けるか、自宅で面倒を見るか。そろそろ真剣に考える時期に来ていた。

夏休みシーズンも終わり、マーケットにも徐々に活気が戻りつつあった。ぼくは企業の資金調達をサポートする部署にいたので、日銀が推し進めるマイナス金利政策により低利での調達が可能になるのを実感していた。

多くの企業が注目していたのが、長期年限での社債発行だった。無担保でも格付次第では、〇・三パーセント程度で満期一〇年の資金を調達をすることができる。国内社債の発行件数は、過去最高水準まで増加していた。

会社での仕事に加えて忙しくなっていたのが、作家活動のほうだった。ぼくはこの頃、「金融ファクシミリ新聞」という金融の専門紙で、小説の連載をしていた。四月にはじまった連載は九〇回を超え、完結する日も見えていた。

毎日の連載は精神的にきつかった。マーケットで働く人たちがメインの読者なので、反応が早い。朝九時前にはその日の感想がウェブ上を飛び交い、登場人物の設定があり得ないとこき下ろされたこともある。

顔の見えない読者に反発もおぼえたが、反応がないのはもっと不安だった。他人の評価を気にしている自分を否定できなかった。

八月二六日のことだった。父は朝から元気だ。話している内容も聞き取りやすい。前日ぼくが見舞いに行ったことを喜んでいた。ひげを自分で剃り、珍しく手帳に母の似顔絵を描いている。今まで父が絵を描く姿を見たことがなかっただけに、意外な一面を見た気がした。

気になるのは、尿を出やすくする薬を入れたせいか、血圧が低く心拍数が高いことだ。しきりに水が欲しいというので、母がティッシュを水で濡らして何度も口もとに運んでいた。

事態が変わったのは昼過ぎだった。大便と同時に大量の出血があり、血圧が七〇まで下がっていた。意識ははっきりしていて、母が話しかけると返事はある。出血を止める処置をするために検査室に入った。

土曜日だからか主治医の八木医師は不在のようで、代わりの医師が検査した。血圧を上げる処置を施すものの効果がなく、すぐに家族を呼ぶように指示が出た。

ぼくが母から連絡を受けたのは一六時過ぎ、ちょうど近所に家族でザリガニ釣りに行った帰りだった。蚊取り線香をつけていたがほとんど効果がなく、親子で何ヵ所も刺されてかゆかったのを憶えている。

自転車の後ろのチャイルドシートには五歳の息子、前には三歳の娘を乗せていた。二人で四〇キロを超えるので、電動自転車でないと移動がきつい。週末は妻も含めた家族四人、自転車二台で近所の公園に遊びに行くことが多かった。

「これからパパは、おばあちゃんのところに行かなくちゃいけないんだ」

ぼくの言葉に、息子がうらやましそうな顔をした。

「みんなで行くの?」

「いや、パパ一人で行くから、ママとお留守番しててくれ」

「家に帰ったら、すぐに行く?」

「そのほうが良さそうだな」

ぼくは妻に事情を説明すると、子どもたちには父について、今までほとんど話してこなかったことに気づいた。ぼく自身が父と距離を置いていたため、実家に遊びに行ったことも数えるほどしかない。最悪の事態を考えると、このままにしておくわけにいかない。そんなことを思いながら、病院に向かった。

検査が終わったのが、一七時前。やはり大腸に傷は見つからず、小腸からの出血の可能性が高いとのことだった。

血管造影剤を入れてCTスキャンを撮る必要があり、また同意書にサインをする必要があった。大量に輸血をしているが、出血があるため血圧が上がらない。本人の意識がはっきりしていることが救いだった。

父は、母の前でよく涙を見せるようになった。もうわがままはいわないので、一人きりにしないで欲しい。見捨てないでという声を、母はどう聞いたのだろうか。

「今までいろいろあったけど、許してあげたいと思うの」

控え室に戻ると、母はぼくに真剣な表情を向けた。

「どうするの？」

「お父さんがもちこたえてくれたら、今さらだけど、また籍を入れ直すかもしれない」

「それでお母さんが問題ないなら止めないけど、本当にいいの？」

「私はそれでいいと思ってる」

直接的なきっかけは、父が涙ながらに許して欲しいといったことだという。それは事実かもしれないが、ぼくには母がもう少し前から決めていたと思えてならない。

離婚して父が家を出てから、母はそれなりに落ち着いた生活を取り戻していた。子どもは独立しているので家では一人暮らしだが、社会保険労務士の資格も取ることができた。まだ仕事は十分ではないが、事務所を構え、いつでも仕事ができるように研修も受けている。

姉の出産後のサポートもこなし、忙しいながらも充実していた。そんな生活を送りながら、プレハブで生活している父が不憫《ふびん》に思えたのではないか。父の病気に気づかなかったことを、気に病んでいたのも事実だろう。

一九時頃、八木医師が集中治療室に現れた。状況を聞いて、駆けつけてくれたのだろう。今後の方針について説明を受けた。

今まで認識していなかった潰瘍が、十二指腸の奥に確認できた。前回手術した箇所のさらに奥で、腐りかけて出血しているという。二度目の手術が必要になるが、懸念されることが二つある。

一つは出血がいつまで続くかわからないこと。輸血と点滴を継続しているが、血圧は五〇くらいにしかならない。二つ目は、二度目の手術は体力を消耗することだ。もちこたえられるか、かなり危険な状態にある。

本人に生きたいという気持ちが強いからか、体力は決して衰えていないというのが、看護師の印象だった。意識はしっかりしており、自分の名前もいうことができる。手術の準備をするのに一時間ほどかかるとのことで、ふたたび控え室で待機することになった。


「頑張ってね」

手術室に入る前に、少しだけ面会の時間をもらった。手術は三時間ほどかかるという。その前に、もう一度励ましておきたかった。

「おう」

最初はぼくの存在がわからなかったようだが、母にいわれて父はぼくのことを見た。

「さっき話したことなんだけどね」

母が再婚の話を持ち出すと、ぼくは気まずくてベッドから少し距離を置いた。これはあくまでも父と母の問題だ。自分が出ていくようなものではない。

「お父さんが頑張れるなら、もう一回籍を入れようと思ってるの」

「そうか。ありがとう、ありがとう」

一瞬涙で目を潤ませると、父は目を強く閉じた。

「明日にでも、市役所に出してこようと思ってね」

「何回もいうな。わかったよ」

母の長い話を止めるのは、いつもの父の癖だ。せっかちさは、集中治療室のベッドでも、これから大手術がはじまろうとしているときでも、まったく変わらない。その頑迷さが、この状況ではぼくたちに安心感をもたらした。

「また出ちゃったよ。また大便だよ」

父は、何度かそういって看護師を呼んだ。

看護師の説明では、便と同時に血が流れているとのことだった。出血は依然として止まっていなかった。輸血と点滴で血圧は何とか五〇以上を保っていたが、ひどいときは四〇を割っていた。死んでもおかしくない状態だったにもかかわらず、意識だけはしっかりしていた。

普通の人は、それだけ血圧が低いと意識がなくなるらしい。本人の気力と体力の勝負だ。ぼくは着替えを取りに、いったん世田谷の自宅に帰った。

手術が終わったのは、夜の一一時頃だった。八木医師の説明では、出血は止めたが、血の量が多かった割に傷が小さいのが気になるという。もしかしたらほかに原因があるのかもしれない。

父は麻酔からまだ醒めず、人工呼吸器をつけて目を閉じていた。安らかな表情に、苦しがっていたことが嘘のようだった。

一二時過ぎに病院を出て、母の車で実家に帰った。翌日は、姉が見舞いに来るという。ぼくは久しぶりに実家に泊まった。

社会人になってから何年間かは、週末はできるだけ実家に帰っていた。月に一回くらいのペースだっただろうか。親に対する子どもの義務のような気がして、社会人生活を話して聞かせていた。帰らなくなったのは、父に文句をいわれたからだ。週末はたいてい資格の勉強やレポートを読んだあとで帰るので、家に着くのが遅くなってしまう。それが父には気に入らなかったようだ。

「もう少し早く来ることはできない？」

「何でだよ」

「お父さんが、あなたが遅くに来ると、うるさくて目が覚めるっていうのよ」

「俺だって仕事があるなか、時間を作って来てるんだ。何から何までお父さんに合わせることなんてできないよ」

「わかってるけど、あの人は飲みはじめるのが早いでしょ。あんまり遅いと、起きてられないのよ」

「だからってさ……」

「本音では、あなたと話したいんだから」

母の優しさも父の気持ちもわかっていた。でもそんな気持ちより仕事を優先することこそ、当時の自分にとっての成長に思えたのだ。

和室に布団を敷いて寝ていると、母が夜半に何度か起きて作業をしていることに気づいた。猫の世話をしていたのだろう。五時過ぎにぼくが携帯電話のアラームを止めて起きると、母がリビングで横になっていた。

「涼しいから、ついこっちで眠っちゃうのよね」

そういってあくびをする母が、ずいぶん歳を取ったように思えた。

このときぼくの頭のなかを占めていたのは、病院のベッドに掛けられたネームプレートだった。「町田道良様　78歳」と書かれたベッドに寝ている老人について、自分は何を知っているのだろうか。これが本当に、長く一緒に暮らした父の姿なのだろうか。自分のなかに、いまだ知り得ない存在の血が流れているように思えた。

ぼくが実家を出てからすでに二〇年が経つ。大学を卒業すると同時に姉が結婚し、弟も家を飛び出していたので、家族が全員そろうことは滅多になかった。家族とは名ばかりの、もはやほとんど何の関わりもない人間の寄せ集めに過ぎなかった。

自分が掘り起こさない限り、父の人生は永遠に埋もれてしまうかもしれない。そんな焦りを感じたのは、父に対する感情に変化があったからではない。単純に父のことをもっと知っておかなければ、自分が後悔するような気がしたのだ。

家族がどんな人生を送ったかを知ることこそ、自分という存在の根源につながるように思えた。

八月二七日、母が婚姻届を市役所に提出した日は、二度目の結婚記念日となった。証人は、姉とぼくの二人だった。

第二章　映画の青春

岩波映画製作所は昭和二五年（一九五〇年）、優れた科学映画の製作という理想を掲げて設立された。父が一一歳のときだ。同社は平成一〇年（一九九八年）に幕を閉じるまで、企業のＰＲ映画や教育映画、ドキュメンタリー映画など、記録映画全般において多くの作品や人材を生み出すことになる。

高校を卒業すると、父は岩波映画で働きはじめた。当時の岩波映画については、『映像をつくる人と企業――岩波映画の三十年』（草壁久四郎、みずうみ書房）に記されている。

職員は、社員、嘱託、特別嘱託、雇員、臨時雇員、労務要員、運転手・交換手などにわかれていた。雇員、つまりアルバイトとして入り、途中から社員になる父のような例は、それほど多くなかったようだ。

父は岩波出身のかたが話題にのぼると、「あいつは社員だった」、「社員じゃなかった」といった区分でその人を評価することがあった。それほど自分が岩波映画の社員だったということに誇りを感じていたのだろう。

父の過去をたどっていくうえで、ぼくがまず手をつけたのが勤務記録だった。人生のハイライトはいつかと問われれば、父はカメラマンとしての二〇代の一〇年間と答えるような気がした。しかしそのときの話を、ぼくは父の口を通して断片的にしか聞いたことがなかった。

日本年金機構の年金事務所には、企業がいつ厚生年金の保険料を払ったかがすべて記録として残っている。それを見れば、父が岩波映画で働いていた時期を正確に特定できると考えたのだ。

ぼくが渋谷区の年金事務所に向かったのは、九月に入ってからだった。厚生年金保険に加入していた企業しか残っていないが、必要書類を提出すると、即座に父に関するデータを出してくれた。

父の職歴原簿には、昭和三五年（一九六〇年）二月から三九年一一月までの五七ヵ月間、岩波映画製作所に勤務した旨が記録されていた。

先日確認した高校の卒業記録と照らし合わせると、昭和三三年（一九五八年）三月に高校を卒業して、三五年二月には入社していることがわかる。アルバイトで通いはじめたのは、もう少し前からなのだろう。

法政大学短期大学部には、三六年四月に入学し、三八年三月に卒業している。高校を卒業して何年も浪人した末に入学したのかと思っていたが、働きながら学校に通っていたことがわかった。

祖母はよく、道良について、「ほとんど大学なんて行かなかった」、「在学中は、一冊しか本を買わなかった」とあきれていたという。そんなエピソードが、違った意味合いを持って響いてきた。

岩波で昭和三九年（一九六四年）まで働くと、その後五年間は、厚生年金のデータがない。おそらくこの時期に、父はいくつかの製作プロダクションに出入りしていたのだろう。自ら「町田プロダクション」を新橋に立ちあげたと話していたのは、この頃のことかもしれない。

どうにか出発地点にたどり着いた。これがぼくの正直な気持ちだった。

虚言癖が強く、口から出まかせばかりいっていた父のことだ。もし岩波映画の記録が残っていなければ、すべてが架空の話で終わっていたかもしれない。父が当時の映画界に、何らかの形で関わっていたのは事実のようだった。

この頃の記録映画界では、いくつかの特徴的な動きが生じている。ひとつは長篇記録映画の劇場進出だ。

東宝が昭和三一年(一九五六年)の「カラコルム」を皮切りに、三二年には「黒部峡谷」、「日本南極地域観測隊の記録　南極大陸」、三三年には「赤道直下一万粁　アフリカ横断」、三四年には「地底の凱歌」、「花嫁の峰　チョゴリザ」、三五年には「オランウータンの知恵」と、記録映画を連続して上映している。

同じような動きは松竹系の「秘境ヒマラヤ」、大映の「白い山脈」と続き、岩波でも「佐久間ダム」に続いて「動物園日記」、「遭難」などが製作されている。かつてないドキュメンタリー映画のブームが到来していた。

一方で産業界の活性化から、企業のPR映画が拡大していた。業界全体におけるPR映画の年間製作本数は、『PR映画年鑑』に収録されたタイトル数ベースで、昭和三六年から三八年にかけて一〇〇〇本以上の増加を見せている。

『PR映画年鑑』が昭和三四年に財団法人日本証券投資協会から刊行されていることが示すように、

ＰＲ映画は単なる宣伝映画ではなく、株式・金融市場における企業の地位向上を図るメディアとして位置づけられるようになっていた。

証券会社で働くぼくにとって、この動きは興味深かった。映画の製作にも、スポンサーの意向が大きく影響していた。

ぼくが次に関心を持ったのが、記録映画の全盛期といえるこの時期に、父がどんな作品に関わってきたか、だった。

カメラマンとして一本立ちできなかったことは、今まで何度か聞かされていた。スタッフとの対立が絶えず、我を通したために浮いた存在だったのだという。しかしアシスタントとして、何らかの記録が残っているのではないか。

ぼくは、父の名前で当時の作品を調べてみた。インターネットで検索し、国立国会図書館のデータベースを探った。しかしなかなか、父の記録にたどり着かなかった。岩波映画では、映画のなかで個人の名前をクレジットすることがほとんどなかった。

当時の関連会社である、岩波映像にも問い合わせてみた。

岩波映画は平成一〇年（一九九八年）に自己破産を申請し、その後映画のフィルム原板の多くが日立製作所に移された。岩波映画の販売をしていた岩波映像は今でも業務を続けている、関係の残る企業ではほぼ唯一といってよい存在だった。

岩波映像の永井美也子社長宛てに、事情を説明して父のことを調べている旨のメールを送ると、丁寧な返信があった。

当時お父様は岩波映画の映写技師として映写室にいらしたそうです。

映写室ではTさん、Hさんらとお仕事をされていたようですが、岩波映画では独自の試写室で行っていた試写を外注に出すことになり、映写室の方々はTさんは制作部へ、Hさんは実験室へという具合に、数人の映写マンは異動になったそうです。

その時にお父様は自ら撮影部に志願されたそうですが、撮影部に移ってから間もなく退社されたようで、撮影部でカメラを回された記憶はないとのことでした。

たどった作品歴にお名前がなかったのはそういう経緯かもしれません。

映写技師とは、フィルムをスクリーンに映す技術者のことだ。ビデオやDVDと違って、映写には特殊な技術が必要とされるので、フィルムを扱うには資格を取る必要があった。父はその技術者としての経歴が長く、撮影部にはほとんどいなかったのではないかという内容だった。

ぼくは何度もメールを読み返したが、納得がいかなかった。映写技師というキャリアについてではない。メールの文章には伝聞と推測があふれていたからだ。

誰か実際に父が映写室で働いていた姿を確認した人間はいないのか。そんなことを何度かメールでやり取りしたが、永井氏からは具体的な返答は得られなかった。

ぼくは、数少ない父の知り合いから当たってみることにした。母に昔の年賀状をさがしてもらい、映画関係の知人から二人の人物を絞り出した。

一人目は安山淳美だ。かつて大手広告代理店だった萬年社でカメラマンとして活躍し、独立プロダクション「新映像」を立ちあげて、その後記録映画を製作している。二〇〇〇年代前半、ぼくが四谷三丁目に住んでいたときに、近くの雑居ビルに入居していたので、父が何度か顔を出していた。

しかし安山氏は、すでに平成二四年(二〇一二年)に亡くなっていた。事務所を自宅兼用にしていたため奥さんをさがしてみたが、やはり連絡はつかなかった。

二人目は佐川啓二だ。もともと東宝シネ・プロダクションという記録映画製作会社のカメラマンで、実家にも何度か遊びに来たことがあった。

二〇年以上前にもらった年賀状の住所は町田市になっている。まだ同じ場所に住んでいる可能性は高くないかもしれないが、数年前に父が町田の知り合いに会いに行くといっていたことを思い出して、訪ねてみることにした。

町田駅で降りると、東口の駅前通りを版画美術館の方向に向かって歩く。駅から一〇分ほどの、閑静な住宅街にあるマンションだった。年賀状に書かれていた部屋番号には、違う名前のプレートが掲げてあった。

「すみません」

ぼくは、たまたまゴミを両手で抱えて出てきた隣室の女性に訊いてみた。

「こちらの部屋には、昔佐川さんというかたが住んでいらしたのですが、覚えておいでですか?」

「佐川さんですか？」

「はい、数年前まではいらっしゃったみたいなのですが」

かなり年配の女性だった。二〇年前から住んでいるといわれてもおかしくない。もしかしたら引っ越し先を聞き出すことができるかもしれないと思ったが、叶わなかった。

「さあ、下で訊いてみるといいんじゃないですか」

マンションの受付でも相手にされず、しばらく途方に暮れるしかなかった。

早くも手持ちのカードが尽きかけていた。四〇年も前のことだ。調べようとすること自体が無謀なのかもしれなかった。

それから何日かは、岩波映画のことを追いかける毎日だった。インターネットで検索しては、会社での業務を終えると図書館に向かう。調布市立図書館には映画の特設コーナーがあり、膨大な資料が残されていた。

このとき調べた資料に父のことが記されていたわけではなかったが、いくつか有用な情報を得ることができた。

一つ目は、岩波映画内部の資料に作品目録があることだった。今までに岩波映画が関与した、すべての作品の記録が残されているという。二つ目は、岩波映画の出身者たちが盛んに同窓会を開催しているということだった。

ぼくは、市東宏志という岩波ＯＢに連絡してみた。市東氏は個人でブログを運営しており、かつて岩波映画で演出していたときのことをよく書いていた。ぼくが気を留めたのは、ブログのなかで当時の作品目録や同窓会に触れられていたからだった。

ぼくが事情を説明すると、市東氏は快く質問に答えてくれた。

「作品目録をお貸しすることは問題ありませんが、お話を伺っていると、ご期待に沿うものかどうかは疑わしいですね」

「それはどういうことですか？　関係者の名前が載っているのではないのですか？」

「いちおう載っているのですが、メインの担当者だけなのです」

「ではセカンドやサードのカメラマンは？」

「ないですね。撮影助手も載ってませんから。そこまで詳しいものは、完成台本を見ないとわからないかもしれないです」

セカンドやサードというのは、撮影助手をサポートする二番手、三番手のアシスタントのことだ。作品目録は、どうやらぼくが期待したようなものではないようだ。

市東氏からは、もし助けになるのであればと、作品目録を送ってもらったうえに、一九六〇年代の岩波映画をよく知る友人を紹介してもらえることになった。岩波映画の作品のなかに、父の軌跡をたどるしかないようだった。

父が岩波映画に出入りするようになったのは、昭和三四年（一九五九年）頃のようだった。

この年はＮＨＫ教育テレビが放送を開始し、ＮＥＴ日本教育テレビ（現テレビ朝日）とフジテレビが開局するなど、テレビが拡大しはじめる時期にあたる。ＮＨＫテレビの受信契約数がはじめて二〇〇万台を突破する一方で、前年には映画人口が史上最高の一一億人を超えていた。

この頃の父を知る可能性のある数少ない先輩カメラマンに、川島安信がいる。

川島氏は昭和八年(一九三三年)生まれ。明治大学を卒業して三一年に岩波映画に入社し、六三年のリストラと同時に退職している。五五歳で希望退職に応じたので、会社員人生をほぼ岩波映画で過ごしたといってよい。

川島氏の助手時代の一番の思い出は、大型PR映画でダムを撮影したことだ。有峰ダム、小河内ダム、奥只見ダムではセカンドやサードのアシスタントだった。機材番や荷物持ちのようなものだが、一年を通じてほとんど家に帰らないこともあった。

カメラマンとしてデビューしたのは、「潜水探測艇くろしお号」(昭和三六年)だった。知床まで撮影に行ったが、ソ連の船に追われて帰ってきたことがあるという。

川島氏を紹介してくれたのは、市東宏志からの依頼を受けたフリーカメラマンの溝口誠だった。東中野の駅ビルにあるパン屋で一〇時半に待ち合わせ、一三時頃までたっぷりと話を聞くことができた。

「不思議なんだけどね、町田さんと仲良くしていた人間がいないんだよ」

ぼくが挨拶をするなり、申し訳なさそうに川島氏がいった。

「当時岩波で映画を作っていた人間に何人か訊いてみたんだけどね、はっきりしないんだ。アルバイトじゃなかったよね?」

「高校を卒業してから、アルバイトをしていた時期もありましたが、社員だったと思います。厚生年金にも、一九六〇年から六四年まで勤務していた記録が残っています」

「そうか。当時は外部から人材がどんどん入ってきたから、わからなかったのかもしれないな」

「でも撮影部は、それほど多くないですよね」

「二〇人くらいかな」

「同じ部屋にいればわからないはずはない」

「もちろん撮影は外でするから、本社に出入りするときは撮影がないときだけだ。普段は会わないことのほうが多いくらいなんだけど、何かにつけて飲みに行く仲なんで、顔を憶えていないっていうのはちょっとねえ……」

いいづらそうにする川島氏に、ぼくは可能性をぶつけてみた。岩波映像に問い合わせたときに、返ってきた回答が頭にあった。

「ほかの部署にいた可能性はありますか？」

「あるとすれば、映写室だね」

「映写室って、映画を流すところですか？」

「映写マンになるには、免許を取る必要があったんだ。一六ミリはカメラマンでもできるけど、三五ミリは間違えると火事になる恐れがあるから、岩波でも専門のかたしかさわっていなかった。その辺の仕事をしていたんじゃないかな」

「撮影部と関わりはあるんですか？」

「もちろんぼくたちが撮影したものを流してもらうんだから、お互い知らないことはない。実際に町田さんらしき人に会った記憶があるという人もいる」

「そうなんですか？」

「ただ、ぼくらに一番関心があるのは内容に対する評価だ。感想を仲間に訊くことはあっても、映写室の技術屋さんに訊くことはまずない。だから関係も深くならなかったんだよ」

想定された回答とはいえ、厳しい現実に言葉が出なかった。たしかにそうだろう。何か仕事をしていれば記憶にあるはずであり、誰も憶えていないのが不思議だった。

「でも撮影部にいたっていうのは、まんざら嘘とはいえないかもしれないんだよな」

ぼくはそのあとに続く川島氏の言葉に顔を上げた。

「いつだったか忘れたけど、映写室がなくなって、そのときのメンバーを撮影部に統合したことがあったんだよ。映写マンがいれば、撮影したあとですぐに上映してみることができるからね。ＣＭを地方で撮影する際には、たまに連れていったなんていう話を聞いたことがあるな」

「父をアシスタントとして一緒に動いたことは？」

「ぼくはなかったな」

川島氏は一瞬考えるようなそぶりをしたが、回答は明確だった。要するに父の存在は知っていたが、つき合いも浅かったので、どんな人間かわからずにいつの間にかいなくなっていたということのようだ。

川島氏は、退職していくカメラマンに見られる例として、フリーの演出家やカメラマンについていく人が少なくないといった。

映画会社には、外部の人間も多く出入りしている。次第にその関係が深まり、フリーとして行動をともにするようになる。そんな可能性も否定すべきものでないように思えてきた。

岩波映画で製作に関わった人間の集まりに、「後楽の会」がある。かつて岩波映画本社のあった水道橋に二ヵ月に一回、奇数月の第一金曜日に集まるという会で、飲みながら昔の思い出を語り合うことが多い。

大半は一九六〇年代から岩波映画で働きはじめた黄金時代を知るメンバーで、ぼくが紹介されたのは溝口氏を介してだった。

この日は水道橋駅から歩いて数分、かつて本社の社屋があったあたりの居酒屋で、後楽の会が開かれていた。出席者は一〇人程度。一番奥の席で楽しそうに語っていたのが、岩波映画最後の社長を務めた重森貝崙《ばいろん》だった。

自己破産申請を発表する記者会見場で、頭を下げる姿が全国のメディアに報道された。重森氏は昭和三五年(一九六〇年)に入社、撮影部に配属された。この年は新入社員が九人と多く、のちに評論家になる田原総一朗を含めた四人が撮影部に入った。

まさに岩波映画が、大きく拡大していこうとしている時期だった。

当時は演出も撮影も一人でこなせるようにというのが育成方針で、一ヵ月の新人研修があった。「伸びゆく三菱金属」(三菱金属工業委託)が最初についた作品だったが、サードカメラマンなので荷物持ちのようなものだった。

関わった作品で思い出深いのが、黒木和雄演出、鈴木達夫撮影で製作した「日本発見シリーズ」の

「群馬県」だ。日本国内の地理風土を県別に描くというこのテレビシリーズは、演出、撮影などのスタッフをすべて社員だけで製作する方針が掲げられ、新人が積極的に登用された。

「群馬県」はスポンサーの意向に反した作品づくりで、当初から対立が絶えなかった。貧困を描かないで欲しいというスポンサーの要望に黒木氏が抵抗したことで、公開されずに羽仁進演出、栗田尚彦撮影で作り直された経緯がある。

黒木演出の「群馬県」はお蔵入りすることになったが、今でも観るに堪《た》える素晴らしい出来だという。当時の岩波映画の社風を示す事件として、重森氏は鮮明に憶えている。

重森氏は撮影部から演出、企画と回り、昭和四〇年(一九六五年)にテレビ番組で一本立ちする。同じ時期に撮影部にいたはずの父と仕事をした記憶は、ほとんどないという。記憶に残る父の姿は、映写室時代のものばかりだった。

一番父のことを鮮明に憶えていたのが、録音の末村萌律喬《もりきよ》だ。末村氏は昭和一六年(一九四一年)生まれで、三五年に入社した。三八年、八幡製鉄の委託作品に関わったのが録音マンとしてのキャリアのスタートだ。

氏の父に関する記憶は、やはり映写室だった。当時は父を含めた三人で、映写室を回していたという。

父はカメラマン志望だったが、岩波映画は学歴を重視していたため、高卒では受け入れられなかった。そこで法政の短大に通いはじめた。昭和三八年三月に卒業すると、撮影部に入ったが、翌三九年一一月にはフリーになっている。

この間何か作品を手掛けた可能性はあるが、これだけのキャリアでは何も残せなかったのではないかというのが末村氏の考えだった。

「要するに生意気だったんだよ、彼は」

「それはよく、本人もいっていました」

「ボクシングをやってたんでしょ。腕っぷしが強いみたいですぐにケンカするもんだから、誰もついてこないんだ」

「そうみたいですね。対立するようなことがあったんですか？」

「ぼくは録音だからあまり関係なかったけど、よく思ってる人はいないんじゃないかな」

酒が入っていたこともあり、末村氏の口調には遠慮がなかった。

カメラマンとして父がうまくいかなかった理由がその言動にあったことは、父もよく認識していた。当時からとにかく文句の多い性格で、ケンカっ早くてすぐに切れてしまう。末村氏は、実質的に解雇されたに近いのではないかという。誰も父を使いたがらなかったのだろう。

河上裕久も昭和三五年（一九六〇年）入社、演出部に入ったが、父が五年間しか在籍しなかったというキャリアに疑問を抱いていた。映画は技術力の集積だ。もちろん感性も重要だが、スクリーンはカメラ、フィルム、照明、音楽などさまざまな要素が複雑に絡み合って構成されている。

五年でようやく半人前という世界であり、一本立ちするには通常一〇年はかかる。一年で撮影部を出ていくような人間が、まともな技術を持っていたと思えないという。映画人として根本的な部分で見方が違った。

映写室にいて撮影部に移ったことを考えても、教えを乞う先輩がいなかったことは想像できる。カメラマンとしての知識量は圧倒的に足りなかっただろう。

当時の岩波映画は、資金力はないが、カメラなどの機材は常に新しいものを入れていたという。そういったものをどう使いこなしていくかが重要なときに、一人では何もできるはずがない。当時はじまったばかりのビデオも詳しくなかったはずだという論調に、説得力があった。

岩波映像で顧問を務める井坂能行とは、有楽町にある交通会館三階の喫茶店で会った。

井坂氏は昭和一五年(一九四〇年)生まれで、大学を出て三九年頃から岩波に出入りするようになった。翌四〇年に入社し、企画やプロデューサー助手、企画・脚本などを経て五〇年に監督として一本立ちする。

井坂氏本人は正式な入社が父の退職後だったこともあり、父のことは記憶になかった。ぼくが話を聞きたかったのは、岩波の清算に立ち合った経験もある井坂氏が岩波内部の組織や歴史に詳しいと思ったからだ。

井坂氏が持っていた社員名簿の技術部の撮影区分に、父の名前を見つけることができた。

小村静夫を筆頭に、今野敬一、根岸栄、斎藤栄二、竹内亮、西尾清、金宇満司、三角善四郎、渡辺重治、成瀬慎一、大津幸四郎、中谷英雄、平井明と続き、最後に父の名前が記されている。おそらく高卒で、一番年齢が若かったのだろう。

「これがお父さんですね?」

「そうです」

ぼくは社員名簿にじっと目を通した。名簿といっても手書きで作成された三枚の紙で、いたるところに井坂氏の書き込みがなされていた。

「いちおうこれが残っている唯一の資料なんですけど、どこまで正確なものかはわからないんです」

「会社が作成したものではないのですか？」

「庶務課の作成とありますから公式の記録なんでしょうけど、どう考えてもおかしい箇所があるんです」

ぼくの反応をたしかめると、井坂氏は何人かの名前を差した。

「名簿が作成された昭和三四年四月時点では、このかたたちは、まだ学生だった可能性があるんです」

「そうなんですか？」

「アルバイトで通っていたのかもしれませんけどね」

たしかに父も、昭和三三年三月に高校を卒業したが、厚生年金の記録が残っているのは三五年二月以降なので、この頃はアルバイトをしていた可能性が高い。いずれにしても、あまり当時の名簿に正確性を期待してはいけないようだ。

「岩波映像に頼まれて、町田さんのことを調べたのはぼくなんですよ。報告は受けていませんか？」

「メールをいただきました。ただ、どうしても自分で調べたかったんです」

「何か新しいことは見つかりましたか？」

「むずかしいですね。どうしても具体的な作品が見つからないです」

「記録映画を保存しようという考えが定着したのは、ごく最近のことです。フィルムも完成台本もいったん散逸してしまうと、集めるのは困難です。岩波映画のものは記録映画保存センターに残っていると思いますが、個別のスタッフの記録となると、一つひとつ当たっていくしかないかもしれませんね」

井坂氏のいう作業を想像すると、気が遠くなる思いだった。撮影部でのキャリアがほとんどなかった父が関与した作品にめぐり合う可能性は、川に放り込んだバケツに魚が引っかかるのを待つ作業に近いものに思えた。どうやらOBを中心とした聞き取りも一巡しつつあるようだった。

◇

二度目の手術を終えると、父はふたたび集中治療室の生活に戻っていた。

手術室のすぐ隣にある病室で、ナースステーションとも隣接している。専用のモニターに心拍数や血圧が表示されるので、異常が起きた際にはすぐに気づくことができる。ベッドが八つほどしかないところを見ると、症状の深刻な患者だけを一時的に診る場所なのだろう。

心拍数や血圧に問題はないようだった。しかし短期間に二度の手術は、まだ七〇代とはいえ身体にこたえるはずだ。まずは体力回復を図る必要がある。主治医である八木医師の口調にも、慎重になっている様子がうかがえた。

父は人口呼吸器のチューブを口に入れていたが、これがかなり苦しいようで、強い睡眠薬を投与されていた。目が覚めたときに、苦しがってチューブを噛みちぎろうとしたことがあるらしい。出血は止まっており回復に向かっているが、尿の出が悪いのが心配だという。手がパンパンにむくんでしまっており、これが続くのは良くない兆候だ。身体から水分を除かないと心臓が圧迫されてしまうのだが、幸い肺に水がたまっている様子はなかった。

人工呼吸器が外れたのは、術後三日目のことだった。主治医としては、早くリハビリを開始して一般病室に移れるようにしたいというが、簡単ではないのは明らかだった。

問題はせん妄だ。この日も朝からずっと、寿司屋の出前の話をしている。人工呼吸器が外れて声が出せるようになってから、憑《つ》きものが落ちたように話している。

父の実家は、かつて目の前が海岸だった。昔から刺身が好きなのは、その頃食べた魚の味が忘れられないのだろう。母の姉が見舞いに来たときは、寿司屋でご馳走したいと繰り返していた。

昔から父にとっては、ご馳走というと寿司だった。家族で食べに行くことは滅多にないが、美味しい寿司屋があるといって出前をよく取っていた。とはいっても高い寿司屋ではない。どこにでもあるチェーン店で、安っぽくないという程度のものだ。

生ものがあまり得意でない母にとっては、苦痛でしかなかっただろう。できれば炭水化物は少なめにして、おかずの品数を多くした献立てにしたいとこぼしていたが、父からするとそんなものは食事ではなかった。

次に多かったのは、相撲の話題だ。パン屋をやっていたときは、朝は材料の仕込みで五時前に起きるが、近所の高校での出張販売から帰ってくるとすることがない。夕方から飲みはじめ、八時頃には寝る生活を繰り返していた。

そんな生活にあっていたのが大相撲だった。ぼくがまだ高校生の頃、たまに早く家に帰ると、テレビで中継を見ていたことを思い出した。

べつに相撲でなくてもよかったのかもしれない。ボクシングをしていた父にすれば、自分の身体一つで闘うスポーツに違いはなかった。むしろその闘い方に表れる選手の生きざまのようなものに、強い関心を持っていた。

とくに好きだったのは、個性の強い選手だ。ボクシングでいえば辰吉丈一郎、相撲でいえば朝青龍だろうか。誰よりも実力があり、戦闘意欲が強い目立ちたがり屋だ。自分を抑えることができずに、必要以上に周囲に敵を作ってしまう。

「あんなことをしちゃいけないぞ」

選手の派手な言動が報道されるたびに、父はぼくにいったものだった。

「おとなしくして、先輩のいうことはよく聞くんだ。文句があったって我慢しなくちゃいけない。耐えるのが一番むずかしいんだ」

それは自分の後悔からくる教訓だったのかもしれない。

忘れられないのは、一九九〇年代の辰吉丈一郎だ。九一年に世界チャンピオンになって以来、数度のケガと引退勧告を跳ね飛ばし、世界王者に返り咲いてきた男の闘いぶりが好きだった。

ボクシングをやっていた頃の自分を思い出していたのかもしれない。腕を組んで、のめり込むようにテレビを見ていた。

朝青龍については、二〇〇〇年代半ばの恐ろしく強かった時期の記憶がある。巡業をすっぽかして地元モンゴルでサッカーに興じている姿が報道されるなど、常に横綱としての品格が問われた力士だった。

一方でたった一人の横綱を長く守り続けるなど、相撲はめっぽう強い。伝統に背を向けるような姿勢に、父は共感をおぼえているようだった。

相撲といえば、稀勢の里もお気に入りの力士だった。病院に父の姉妹が見舞いに来たとき、父はせん妄からぼくのことを相撲取りだと説明したことがあった。

「これが俺の息子だよ」

「知ってるよ。哲也だろ。さっきまで話してたよ」

「何だよ、知ってるのか」

「立派になって良かったね」

「ああ、強いんだぞ。今じゃ関取だ」

ぼくは姉妹が笑うと同時に、ぼくの表情を確認したことに気づいた。いい返してはいけない。説明してもいけない。今父にとって、ぼくは自慢の相撲取りなのだ。

「稀勢の里っていうんだ。知ってるか？」

「知ってるよ。強いんだろ」

父に合わせてくれた二人の機転に助けられた。最近よく話に出ることは母からも教えられていたが、ぼくは稀勢の里がどんな相撲取りなのか知らなかった。

その後調べてみると、久しぶりに横綱に昇進した日本人だという。彼の相撲は、意外にも古風なスタイルだった。

弟が病室に来ているといって、騒ぐこともあった。家を飛び出していった弟のことは、今でも気になるのだろう。どうにか謝りたいといって涙ぐんでいた。

弟が家を出たのは、大学に入ってすぐのことだった。弟も町田家の血筋なのか、腸が弱い。十二指腸潰瘍でO市内の病院に入院したことがあった。たまたま家に父しかいないタイミングだったのだろう。病院から呼び出されて、パン屋を放り出すに近い形で病院に向かった。

こんなに忙しいときに何やってるんだ。おそらく短気な父のことだ。厳しい言葉を病室に入るなり浴びせたのだろう。看護師が気づいたときには、点滴が抜かれてベッドに放り出してあった。そのまま家を出て何もいわずに大学を中退して以来、父とはまともな会話をしていない。

演劇をやっていたので、連絡を取る必要があれば劇団の友人に頼めば取り次いでくれた。中野区に保証人不要の下宿先を見つけて住んでいたので、公演があるたびに観に行くのが父以外の家族行事のようなものだった。母は大家に挨拶し、部屋にたまったゴミを片づけたりしていた。

弟がテレビ出演したときのビデオは、母が楽しそうに見せてくれた。今にして思えばのどかな家出だった。フリーターの生活に不安がないわけではなかったが、毎日を一生懸命に暮らす姿が頼もしくもあった。父もこっそりビデオを見ては、喜んでいたという。

そんな生活が変わりはじめたのが二〇〇一年、弟が交通事故にあったという連絡を受けたときだ。当時ぼくは四谷三丁目で、のちに結婚することになる女性と同棲生活を送っていた。すぐに来て欲しいという動揺した母からの電話を受けると、慈恵医大病院に向かった。

劇団の公演前の稽古に向かう途中で事故にあったという。ただ不思議なことに、外傷が確認できないうえ、目撃した人もいなかった。

本当に、事故などあったのだろうか。入院直後に、弟は自分で診断書を申し込んだという。根本の原因は精神的な弱さにあるのではないかというのが、医者の見解だった。

本番前の、極度の緊張感に耐えられなかったのかもしれない。自然と劇団から距離を置くようになり、家族も芝居には触れなくなっていった。そんな弟の話を、父は苦い表情で聞いていた。

父が集中治療室から一般病棟に移ったのは、手術後一週間ほど経った九月四日のことだった。集中治療室は安心だが急患も多いので、そろそろ一般病棟に移したいというのが病院の考えのようだ。二度目の手術まで入っていた「重症病棟」だ。母が立ち合って行くと、看護師たちが「お帰りなさい。良かったね」と声をかけてくれた。

引き続きせん妄は強いものの、父は順調に回復していた。心拍数と血圧が安定し、自力で呼吸できるようになった。尿は薬で出しているが、一番懸念していた出血は見られない。

気になるのはリハビリだ。身体がつらいのか、動き出すまでに時間がかかる。何度も文句をいっては立ちあがり、職員につかまり一〇秒ほど立つ。同じことを二度繰り返すだけだ。それが終わると、「寒い、疲れた、早く休みたい」といって、すぐに寝てしまった。

ぼくが見舞いに行くと、たいてい父はいびきをかいて寝ていた。睡眠薬を使用していないからか、表情を見る限りは元気そうだった。電気カミソリを使って、自分でひげを剃ることもある。寝ているときは、横向きになったり、足をバタバタ動かしたりしている。無理な動きをしたからか、お腹の手術跡が裂けて血が出ていた。ときどき看護師にガーゼを当ててもらっていた。

「昨日、市の調査員が来たのよ」

母が思い出したようにいった。

「介護の件?」

「介護認定をするには、介護認定調査員が本人に会って確認しなくちゃいけないんだって」

「どんなことをしたの?」

「簡単なヒアリングよ。名前とか生年月日とか。でも意識がもうろうとしてるみたいで、年齢はいえなかったね」

ぼくは、ベッドで目を閉じる父の表情を見た。大きな変化が、父のなかではじまっているのかもしれない。

「昨日も、自分は死ぬのがわかってるからどうなってもいいんだって、リハビリもしたがらないのよ」

「自分が衰えていく認識はあるんだ」

「そうみたいね。と思えばいきなりみんなに会いたいって泣き出したり」

不安定な精神状態が続いていた。

病院からは、個別に相談員を紹介されていた。父の担当は増田さんというかたで、経験も長い。

今は救急指定病院に入院しているが、長くはいられないという。時期が来たら療養型病院に転院することが望ましく、胃と腸を接続する手術のときはメディカルセンターに戻り、手術後に安定したら退院、帰宅することを提案された。

増田相談員は、実家近くの療養型病院をさがしてくれた。そちらの入院には、一ヵ月に一六万円程度の費用がかかる。内訳は医療費五万七〇〇〇円、食費三万円、ほかはベッドのリース料やおむつ代だ。候補になる病院の選択肢は与えられたが、ぼくはまだ現実のものとして考えることができなかった。

メディカルセンターでは、患者それぞれに看護師をつけるのでなく、何人かの看護師が日替わりで担当するシステムを取っていた。リハビリも同じで、体力が衰えている父は思い通りに身体を動かせないことが多く、毎日のように担当者とトラブルを起こしていた。

まずはじめたのは、軽い柔軟体操だった。車椅子で廊下に出ると、降りて一メートルほど歩く。まだ一人で歩くことはできない。リハビリ専門のスタッフが足の曲げ伸ばしをサポートし、立たせてくれる。

父はたいてい眠そうだった。熱があるため身体がだるいのかもしれないが、最大の理由は身体を治すという目的意識を持てないことだ。主治医はとにかく動くことが大事だというが、本人にその気はなく、寝たきり状態にならないかという懸念がつきまとう。

少しでも動けば回復することへの気力が生じるものだが、父は嫌だという。寒いというのが理由のようだった。何とかスタッフが説得して車椅子に乗ったが、すぐに降りてしまった。

スタッフの話では、父と同程度の症状であれば、もう少し身体を動かすことができるはずだという。最初の手術後はもっと頑張っていたので、二回目の手術後に寝ている時間が長くなったのが影響しているのかもしれない。

一方で、母は父の乱暴な言葉遣いが気になりはじめていた。機嫌の良いときは看護師と世間話をすることもあるが、気分を害されると必要以上に攻撃的になった。

「そんなところを持つなよ」

「丁寧にやれ」

「看護師なのに、患者の気持ちがわかってない」

「いわれたことだけやってればいいんだ」

ちょっとした病院スタッフの言動に文句が出る。彼らが献身的であるからこそ、汚い言葉をぶつけるのが申し訳なかった。

「息が臭いよ」

マスクをしているにもかかわらずそんなことをいわれると、スタッフも気持ちよく仕事ができなくなる。その姿はかつての父と何も変わってなかった。

寝たきりで毎日刺激のない生活に、ストレスがたまっていたのだろう。食事さえできれば気分を紛らわすことができるが、水も飲めない生活では感情のやり場がなかった。

「テレビが見られればねえ」

母はよくぼやいていた。相撲を見せてあげられないだろうか。しかし部屋にテレビはない。そこで持ち込んだのがラジオだった。

まだ自分で、ラジオのスイッチを入れることはできない。イヤホンを耳に差し込むこともできないが、代わりにラジオを点けてあげると、目を閉じて相撲の放送を聴いていた。

しかしほとんどは、しばらく聴くと気分が悪いせいか、もういいといって外してしまう。ふと目を開けて、「関取はもう帰ったの?」と訊かれてぞっとしたことがあった。


この頃のマーケットでは、金利上昇懸念がふたたび広がりつつあった。衆議院の解散総選挙の噂が流れ、株価は迷いながらも上昇をトライしつつあった。将来的に起きるであろう金利上昇の気配を、誰も無視することができなくなっていた。

資金を調達する企業の動きは、二つにわかれた。手元資金に余裕のある企業は、急ぐ必要がない。一方で先が見通せないからこそ、早めに確保したいという企業も少なくなかった。そんな相談だけでも、問い合わせは相当の件数におよんだ。

作家活動のほうでは、はじめての文庫の準備が大詰めを迎えていた。二年前に出版した『セブン・デイズ』の文庫化で、カバーに入れるイラストが完成し、ある書評家から丁寧な解説ももらっていた。担当である「小説宝石」副編集長の磯江晋弥と文庫本の担当である萩原健と会食をしたことがあった。

場所は新宿の台湾料理店だった。文庫化の打ち合わせが中心だが、磯江氏には、新しい小説も見てもらっている。二人とも金融系のお仕事小説は、今後読者が広がっていくポテンシャルがあることに期待していた。

良くも悪くも社会的な評価や文学賞といったものに、こだわりを持っていないところが気持ちよい。かといって、短期的に結果を求めているわけでもない。面白いものを時間をかけて作っていきましょうという姿勢が心地よく、何かと相談をするようになっていた。

ぼくは二人の話を聞きながら、磯江氏が以前ふと漏らした不満を思い出していた。

「町田さんの小説には親がいないんだよ」

「必要ですか?」

「設定にもよるけど、何だか避けてるように思えるときがあるな」

たしかにその通りだった。親について書くことは、自分の家庭において、父親がどのような存在であるかを問われるようで怖かった。父親がどうあるべきなのか、ぼくにはよくわからなかった。

商売柄、昔から父は家にいることが多かった。しかし相談に乗ってもらったり、遊んでもらった記憶がほとんどない。あるのは酒を飲み、家族に対して暴力をふるう姿だ。友人の家にいるような優しくて親しみやすい父親が、なぜぼくにはいないのか、不思議で仕方なかった。

小説や映画を見ても、決して父のような人間が、典型的な父親の姿だとは思えなかった。もしそれが父親だとするなら、父親なんて描かなくても、小説は成り立つに違いないと思っていた。

リハビリの効果が出はじめたのは、一週間ほど継続してからだった。少しずつ、父は一人で歩きはじめた。右手で手すりにつかまり、女性スタッフに左手を支えられて廊下を三メートルほど歩く。これを二回行うと、疲れたのかベッドに戻るとすぐに寝てしまった。

翌週もリハビリを繰り返した。慣れてくると、廊下で二〇メートルほどの歩行訓練を、休みながら二セット行った。いきなり動きはじめたので疲れたのか、しばらく微熱があった。

活字を読みはじめたのもこの頃だ。何か面白いことを話してくれというので、母が一〇〇メートル走の日本記録について話した。九月九日に、日本人選手ではじめて一〇秒を切った桐生祥秀《よしひで》選手のことだ。

珍しく父がもっと話を聞きたいと喜ぶので、母が売店に新聞を買いに行ったが載っていない。姉に電話して調べてもらった。

リハビリ担当のスタッフにも、そのニュースを話してもらった。久しぶりに生き生きとした笑顔だ。翌日から興味のありそうなニュースがあれば、母がスポーツ新聞を読んであげるようになった。

九月一六日はソフトバンクがパ・リーグを制覇するなど、プロ野球関連の記事が多かった。

自分で好きなニュース写真をさがし、気分が良ければラジオを聴いた。歌謡曲が流れると喜んでいた。看護師に石原裕次郎を歌って欲しいとお願いしたが、若い看護師は石原裕次郎の歌を知らなかった。

車椅子で、談話室に相撲中継を見に行ったこともある。しかし九州地方に上陸した台風の臨時ニュースで、相撲番組が休止になってしまった。

一〇分ほどで病室に戻ってラジオを聴いたが、それを知った主治医の八木医師が、週明けにはテレビの見られる一般病棟に移りましょうといってくれた。

父は次第に落ち着いてきたが、感情の起伏の大きい状態が周期的に訪れた。重要なこととそうでないことが並列に扱われるので、どこに注意を向ければよいのかわかりにくい。

ある日、母が子どもたちを連れた姉と一緒に面会に行ったことがあった。姉の子どもは、三歳の女の子とまだ三ヵ月の男の子だ。

孫たちを見て父はにっこりと笑ったが、何かを思い出したらしく、母を呼んだ。

「お金あるか?」

「あるけど、何に使うの?」

「一万円か二万円、返すの忘れてたから、出しといてくれ」

「返すって誰に?」

「えっ?」

母の質問に驚いたのか、父は顔を見返した。

「誰かからお金を借りてたの?」

父の意識が遠くなって以来、母が気にしていたのが、どこかに借金が残っていないかだった。父は昔、親戚や知り合いから数百万円単位の借金をしており、入院してから聞いたことのない話がいくつか話題にのぼっていた。

「今はわかんねえけど、あとで思い出すよ」

「本当に借金があるなら、ちゃんと返さなきゃダメよ」

「わかってるよ。とにかくあとで持ってきてくれ」

父はふてくされたように、母が持ってきたスポーツ新聞の見出しを見ていた。

姉の家族を見送って母が病室に戻ると、父は顔を真っ赤にして怒った。

「ずっと待ってたのに、何やってたんだよ」

「子どもたちを送ってたんじゃない」

母の言葉が、父にはわからない。先ほどまで姉と孫たちがそこにいたことを話すと、「あの子はかわいいなあ」と表情を崩した。見舞いに来てすぐは孫が怖がってベッドに近づかなかったことや、看護師に子どもの面会は短時間で終わらせるようにいわれたことを、なぜか父は鮮明に憶えていた。

この日、父は車椅子に乗って体重測定に行った。体重は四八キロ。かなり痩せてしまった。ベッドに戻ると疲れたのか、いびきをかいて寝ていた。

母が帰ろうとすると目を覚まし、「銀行に三千円振り込んでくれ。絶対に忘れるな。今すぐやってくれ」と真剣にいう表情は先ほどのままだった。

翌日の昼頃に、四階の四〇八号室に移動することになった。入院してはじめての一般病棟だ。

◇

一九六〇年代後半、記録映画業界は大きく変容していく。PR映画の製作本数が六四年をピークに減少に転じ、テレビの普及がその流れを後押ししていく。テレビ番組の制作費は安く、短時間で多くのものを作ることができた。

岩波映画でも多くの人材と予算がテレビに注がれることになったが、その後メディアの覇権を握るテレビに対する取り組みが十分だったかという点で疑問は残るだろう。

人材の流出も続いた。この頃、岩波映画で育った演出家やカメラマンの多くが独立していった。理由はさまざまだ。劇映画の世界に進んだ黒木和雄や東陽一といった例もあれば、ＰＲ映画から離れて本格的なドキュメンタリー映画を志向した土本典昭や小川紳介といった例もある。

岩波では作品に恵まれなかったという、消極的な理由もあった。基本的に映画製作は、個人的なつながりから進んでいく。プロデューサーがすべてを差配することもあれば、演出家やカメラマンのなかからスタッフの集まりができることもある。

この流れに乗れなければ映画を作る機会は与えられない。たまたまその人脈が社外にあったという例も少なくないだろう。

どうやら父は、消極的な理由で岩波映画から離れていったグループのようだった。アルバイトからはじめて二十歳のときに入社したので、会社では一番若かった。人生経験を積んでいないうえにケンカっ早い。若いことで先輩に守られたようだが、人前でも殴り合うので、仲の良い友人はできなかったらしい。

たいした経験も積まないまま岩波映画を退職すると、その後は基本的にフリーで動くことになった。

ぼくは父の残した映画の記録を求めて、データをあさってみた。

まず映画のあらゆる記録を集積しているフィルムセンター（現国立映画アーカイブ）に問い合わせた。すると案の定、データベースには記録が残っていないという。ＰＲ映画については記録映画保存センターに知見があるということで、市ヶ谷にある同センターに問い合わせたが、結果は同じだった。データベースにない以上は、ほかの記録に残されていないか探っていくしかない。一番可能性が高いのが、完成台本に当たることだった。岩波映画ではスタッフの氏名をクレジットする慣行がなく、個人の記録が残されているのは完成後に製作者が作成する完成台本だけだった。

しかしこれも人によって作成しないものもある。会社に現物が残っていないので、個人の所有物を確認していくしかない。ぼくは何人かに保有状況を問い合わせたが、残っている完成台本はほとんどなかった。

映画に比べてCMはもっとひどかった。保存するという考え方そのものがない。スポンサーによりCMに対する考え方が大きく異なることに加えて、制作プロダクションの問題もある。一部の大手プロダクションはともかく、当時から今まで継続して事業を行っている制作会社はほとんどないのが実態だった。CMを調べようにも、誰かが保存していない限り映像を見ることすらできない。

父は自分が携わった代表作として、萬年社出身の安山淳美のプロダクションで作成したホテルニュー塩原や、黄桜のCMを挙げていた。しかしいずれも現物を確認できない。

ホテルニュー塩原のCMには、姉の聡子家族に出演してもらったという。各務《かがみ》洋一を演出で使い、父が自分で撮影をしたらしい。おそらくその後苦しい時期が続いたのだろう。各務氏からの見返りがなかったことに、よく腹を立てていた。

黄桜は、あるテレビ局のアナウンサーとの仕事だったらしい。有名なカッパのアニメとは別に時代劇風のCMを作っていたようだ。新人賞を獲って業界誌に載ったことがあるというが、こちらも確認できるデータは残っていなかった。

いずれの記憶も具体性に欠けていた。漠然とした情報だけでは、膨大なテレビCMの世界をたどっていくのは不可能だった。NHKの放送博物館や電通の本社ビルにあるアド・ミュージアムに問い合わせたが、断片的な情報しか得られなかった。

むしろ出てくるのは、父の暗い部分ばかりだった。岩波映画を辞めてから新橋に町田プロダクションを立ちあげたが、映画の仕事はなかったようだ。

本人曰く、フィルム代など費用の計上でスポンサーとトラブルがあったらしい。ロケ費用がかさんで借金を増やし、プロダクションをたたんだようだ。

「あの頃は苦しくてな。栄子の親父にも金を借りたんだよ」

ある日、父がふと昔の家族のことを話したことがあった。岩波映画の話を聞いていたときのことだ。映画作りに加わっていた時期のことをもっともよく知るのが、前妻の栄子さんなのだろう。

「自分で会社を立ちあげた頃のこと?」

「ああ、いい人でな。俺のことを信じて、何百万も貸してくれたんだよ。結局返せなくてさ、畑を売って金を作ったっていってたな」

「農家だったの?」

「栃木の地主だったよ。その後どうしたんだろうな」

「大変だったんだね」

父の口から前の家族の話を聞くのははじめてだった。ぼくは、ベッド脇の丸椅子に座った。

「お前にも、栄子のことを話したことがあったかなあ」

「断片的にね」

実際には、ほとんど聞かされていなかった。ただ父の話を止めたくなかった。

「中野の床屋で働いててな。俺も中野の友だちのところに出入りしてたから、よく遊びに行ったんだよ。背が高くて色白でな。俺の一番輝いていた時期を知っているのはあいつだよ」

父は思い出すようにいうと、数年前、栄子さんに会ったことがあるといった。今では再婚した相手との間に子どももいるという。

栄子さんとの生活や、ぼくの異母兄にあたる健太郎さんについても知りたかったが、まず確認しなければならないのは父が関わった映画についてだった。どんな夢を抱いて、何をしたかったのか。それが当時の父を突き動かす、行動原理の根本にあるような気がしていた。

「借りたお金で何を作ろうとしたの?」

ぼくが踏み込んでいこうとすると、父は顔を歪めた。

「そんな昔のことは憶えてないよ」

「ちょっとでも思い出せないの?　やりたいことがあったんでしょ?」

それはどうしてもぼくが父に訊きたいことだった。

男だったら、死ぬまでに何かを作りあげることが大事なんだ。父はよく、酔っ払うとそんな話をしていた。父が人生において作り得たものが映画なのであれば、その経験を話して欲しかった。

父は二十歳からの五年間を岩波映画で過ごし、その後の五年間はフリーの立場で映像製作に関わってきた。もっとも輝かしい二〇代の日々は、どのようなものだったのだろうか。

「もうやめてくれよ。俺の一番思い出したくないところだ。あいつの人生を狂わせちまったからな」

「そうかもしれないけどさ、そこまでして映画を撮りたかったんでしょ?」

父は何かいおうとすると、むせ返ってしまった。もう三〇分以上話し続けていた。疲れて言葉が出てこないのだろう。何度か苦しそうに咳をすると、目を閉じた。

「わかったよ。いいよ」

父は病気で倒れて以来、感情的になると泣き出すことがあった。目からこぼれ落ちる涙を見ていると、ぼくがあきらめるしかないようだった。

「あいつと別れて映画から手を引いたから、お前が生まれてきたんだぞ」

たしかにそうなのだろう。映画をあきらめてパン屋の道へ進んだからこそ、経済的な安定をつかむことができた。再婚後に子どもを三人育てて、大学まで入れるのは簡単だったはずがない。

父は映画という夢を捨てて、家族という現実を選んだといえる。その選択に、ぼくは何もいえなかった。

この頃の父の対応でむずかしいのは、運動と睡眠のバランスだった。適度に身体を動かさないと体力が落ちてしまうが、疲れると長く寝入ってしまう。

リハビリで歩行訓練を行うと、すぐに疲れて眠くなる。以前より眠っている時間が長くなったような気がする。目を覚ますと、今度は寝る体勢が決まらずに何度も右左に動いていた。

そのうち、「寒い」、「頭が痛い、看護師さんを呼んで」、「頭をぶんなぐって」、「赤い線をハサミで切って」と訴えたので、その都度担当の看護師に来てもらった。母が頭をさすると、少し落ち着いたようだった。

元気のある日は、メガネをかけて新聞を読む。そんな自分がうれしいのだろう。満足そうな表情だった。しかし一時間ほど続けると、「帰りたい、車に乗る」という。たまに看護師が、世間話につき合ってくれたことがあった。

機嫌の良いときは、母に、「早く帰って子どもたちの朝ご飯を作ってやれよ」という。せん妄状態のなかに、ふと認知症かもしれないと思わせる瞬間があった。

あるとき母が面会に行くと、父は目を覚ましていた。午前中に、看護師に身体を拭いてもらったらしい。

「おふくろ何してるかな？」

母がスマホを持っているのを見て、父がつぶやいた。

「お母さんはもう亡くなったじゃない」

「いつだ？」

母の言葉に、意外そうな顔をした。

「もう一〇年以上前よ」

「本当か？　電話してみろよ」

あまりにもしつこいので、母が父の妹の千賀子に電話して状況を話した。電話が終わってから、昔を思い出したのか涙ぐんでいた。しばらくラジオで相撲中継を聴いていたが、母が帰るというと、

「車の運転に気をつけて帰れよ、忘れものはないか?」と優しい言葉をかけるのが意外だった。

気になるのは、映画に対する反応が鈍くなっていくことだった。昔のことは鮮明に憶えていたが、それも出てくるのに時間がかかるようになった。

ぼくは今のうちに、具体的な話を聞いておきたかった。どんな作品で、どのカメラマンのアシスタントについたのか。

岩波映画に所属していたことはわかっている。厚生年金にも記録が残っているし、名簿にも名前があった。しかし映画人としての活動の記録が、まったく見えてこないのが不思議だった。

「いろいろやったから、忘れちまったよ」

「何か一つだけでも思い出せない?」

「……」

父は目を閉じると、寝息をたてはじめた。

ぼくは納得がいかなかった。川島氏は、水中撮影でおぼれそうになりながらカメラを回した新人時代のことを鮮明に憶えていた。重森氏の記憶に残るのは、工事現場のような生活のなかで教えてくれた先輩の優しさと、それについていけない自分の不甲斐なさだ。

これまで話を聞いてきた岩波映画のOBたちは、昔のことを昨日のことのように生き生きと語っていた。自分が持てる力の限りを尽くして取り組んだ仕事だ。いったいどうすれば、若き日の経験を忘

れることができるのだろう。

ぼくは父の顔を見ながら、もしかしたらすべてはなかった話なのではないかと思いはじめていた。映画のことも、映画のために作ったという借金のことも、借金のために崩壊した栄子さん、健太郎さんとの家庭のことも。すべては父の壮大なホラから来ているのかもしれない。

ぼくは実家に帰ると、父の携帯電話を確認した。電源を入れるとすぐに作動したが、連絡先や電話、メールの記録はほとんど残っていなかった。あるとしても母や姉など家族の番号くらいだ。

「これでぜんぶ？」

「そうね。パソコンも見てみる？」

「いや、いいよ」

インターネットの接続くらいにしか使っていなかったというパソコンは、さがす気になれなかった。パスワードもわからない。

「何が知りたいの？」

母の問いかけに、ぼくはふと、自分は何をさがしにここに来たのか考えてみた。

父の記録はどこにもなかった。映画に対する思いを示すものくらいは、どこかに残っているのではないか。そんな気持ちで実家まで来てみたが、どうやら部屋に残されたものから父の意思らしきものを感じることはできそうになかった。

ぼくを突き動かしていたのは、人は自分の過去を完全に捨て去ることなどできるのだろうかという疑念だった。

父は昔から、不要なものはどんどん捨てていく質《たち》だった。思い出や記念の品に対するこだわりがない。映画に対する思いも、もう一つの家族との記憶も、整理すべき対象にすぎなかったのだろうか。父の作った映画の記録を求めてはじまった探索は、その結果としてもたらされた家族の行方を知ることでもあった。

「映画のこととか、もう一つの家族のこととかさ」

「それは残ってないんじゃないかな。ずいぶん昔の話だからね」

「そうだよな……」

ぼくは携帯の電源を切ると、母に返した。

「そういえば、健太郎さんにお金を送ったっていってたわね」

「お金を?」

「そう、百万円を送ったら喜んでたって」

ぼくは母の話を信用する気になれなかった。父はよく、お金を誰かにあげたという話をすることがあった。しかし、大概はあげた気になっていただけで、そんな大金を父が持っていたとは思えなかった。

「いつ頃のことかわかる?」

「さあね。あのいい方からすると、そんなに昔のことじゃないような気がするけど……」

「嘘だろ、そんなの」

「何だか、駅前のたこ焼き屋さんに頼んで、送金してもらったんだって」

「そんなお店あるの？」

「どうかしらね。私は知らないけど」

「見てみようか？」

ぼくが何気なく訊いたのは、駅前なら帰り道に寄ることができるという気楽さからだ。まさか、たこ焼き屋が本当にあって、父から預かった百万円を知らない人間に送ったとは思えなかったが、寄り道をして訊くくらいなら悪くないような気がしていた。

父との離婚後、息子の健太郎さんは栄子さんが育てることになり、栃木県の実家に戻った。その家は、数年前の記録では「下田徹」の名義になっている。兄弟だろうか。栄子さんには弟がいたというので、それが徹氏なのかもしれない。

ぼくは駅前に行くと、たこ焼き屋をさがした。すぐに見つかったのは、お好み焼き屋だった。一応店員に訊いてみると、たこ焼きはやっていないが、駅前のスーパーの近くにたこ焼き屋があるという。

ぼくは踏切近くの道をさがした。たしかにたこ焼き屋があった。スーパーやラーメン屋があるのは知っていたが、たこ焼き屋があるとは気づかなかった。しかも持ち帰り専門のような店で、席は店頭に置かれた丸椅子だけだ。

「ここかな？」

「やってないみたいね」

店員はいないし、店も開いていない。なかをのぞく限り、営業している気配もなかった。ぼくはテントに書かれた番号に電話すると、耳を澄ませてみた。電話の着信音は鳴っている。しかし夕方の時間に開いていないところからすると、営業しているとは思えなかった。

「ちょっと向こうを見てくるよ」

ぼくは母にそういうと、駅前に向かって駆け出した。雨が降りはじめていたので、母は車で待っているという。駅前の商店街を一つひとつさがして回っていると、自分の気持ちに不思議な昂ぶりを感じていた。

父が健太郎さんに送金するにあたって、たこ焼き屋に勤める女性に頼んだという。もしそれが事実なら、父は健太郎さんと今でもつながりがあるはずだ。

暗闇に覆われた父の人生を照らし直すものになるとは思えなかったが、過去に対する父の気持ちを推し測る糸口になるような気がしていた。

ぼくが求めていたのは、男としての父の姿だった。もう一つの家族に対して、父はどんな姿を見せていたのだろうか。

そこには些細なことで腹を立て、家族に暴力をふるう父ではなく、夢を追い続ける男の姿があったはずだ。ほんの短い期間にすぎないにしても、父の人生における最高の瞬間があるような気がしていた。

何一つ手がかりを残さずに消え去ろうとする父を、ぼくは黙って見過ごしてよいのだろうか。映画を作ったという記録はどこにもなく、このままでは何もできなかった男の人生しか残らない。

もしそれが事実だとしても、どこかに映画を作ろうとした男の記憶が残されているはずだ。その記憶をたどることこそ父の存在を記すことであり、家族としてのつながりを確認することでもあった。

一人の男が生きた痕跡を見つけなければ、父だけでなく、ぼく自身が否定されてしまうような気がしていた。それは簡単に許せることではなかった。こだわっているのは、ぼく自身だった。

第三章

第二の人生

ぼくがはじめて小説を書いたのは、大学生のときだった。

昔から表現することへの憧れは漠然と持っていた。音楽を集中的に聴いたり、演劇のサークルに入ったりしたことはあるが、自分で表現しようとすると大きな壁を感じてしまう。これならできるかもしれないという感覚をはじめて持てたのが、小説だった。

題材はいくらでもあると思っていたが、書きはじめるとハードルがあった。一番大きな障害は、なぜ自分が書くのかという必然性に納得できないことだった。

自分でなくても書ける小説にすぎないと思うと、目の前の作品が色あせて見えてしまう。そんなとき、ぼくが直面したのが祖母の死だった。

母方の実家は、戦後まもなくして小田原で和菓子屋をはじめたという。国府津海岸《こうづかいがん》から小田原方面に少し歩いたところに、親木橋《おやきばし》という橋がある。そのすぐ近くに店を構えていた。

祖父が祖母と二人で開業した小さな店で、ぼくが好きだったのが大福だ。できたての柔らかい餅に塩味のきいた豆と甘い餡こが美味しくて、一日に三つも四つも食べたことがある。一時はキヨスクに納品したこともあった。

祖父はすでに亡くなっていたが、祖母は八〇代でも元気に働いていた。そんな祖母が入院し、徐々に体力が衰えていく姿が学生時代のぼくには鮮明に残っていた。

次第に幼児返りしていく祖母の姿を、異文化コミュニケーションのなかに置いたらどんなストーリーが描けるだろうか。それが小説の出発点になった。

現実の自分に近づけすぎないように、祖母を祖父に置き換え、設定を日本から米国にすると、細部が描けるようになった。書き終えたのは、海外の長期旅行の最中だった。

大学三年の春から夏にかけて、ぼくは海外放浪のまねごとをしていた。米国の東海岸から入り、欧州を経由してニューヨークで夏を過ごす。その数ヵ月の間に小説は完成した。

締め切りの時期と枚数から一番近いのが、当時新潮社が募集していた「学生小説コンクール」だった。その名の通り、学生であれば応募できる。自分の書くものがどんなジャンルに属するのかといったことを考える必要がないのもよかった。

応募して数ヵ月経った頃、新潮社の鈴木力という編集者から電話があった。大学四年への進級を前に、就職活動の準備をしていた頃だった。海外から帰ってきたぼくは、日本で就職しようとしていた。

夜遅くの電話が、意外に長く鳴り響いたのを憶えている。

「町田さんですか?」

ぼくが返事をすると、夜遅い電話を恐縮しながら、早口で自己紹介する声が聞こえてきた。

「新潮社の鈴木と申します。あなたの作品が最終選考に残ることになったので、ご連絡しました」

「作品って、学生コンクールですか?」

「そうです。最終選考作品に選ばれました。ニューヨークの寮にも電話したのですが、もう日本に帰ったといわれてしまいまして……」

「そうなんです。向こうから送ったんです」

ぼくは日本に帰ってきてからの生活の変化で、小説を応募したことをほとんど忘れていた。決して気にしていないわけではなかったが、自分の作品が選ばれるとは思っていなかった。

その証拠に、応募した作品を何度か書き直していた。何となく書き切ったという手ごたえを持てず、書き進めることで少しだけ前に進んだような気がしていた。

数日後、ぼくは書き直した原稿を持って矢来町《やらいちょう》にある新潮社に向かった。会議室に通され、鈴木氏が来るのを待つ。窓もない会議室で、不思議な圧迫感があったのを憶えている。しばらくしてノックの音がすると、鈴木氏が入ってきた。

小柄で、編集者としては珍しくネクタイをしている。何度か村上春樹のエッセイで鈴木氏のことを読んだことがあったので、イメージ通りの親しみやすさがあった。

ぼくが挨拶もそこそこに原稿を渡すと、鈴木氏は一気に読みはじめた。

文芸誌の編集者に会うのははじめてだった。何よりもぼくの記憶に焼きついたのは、彼が読むスピードだった。本当に読んでいるのか疑わしいほどに、どんどん原稿をめくっていく。あっという間に読み終えると、原稿を置いた。

「なかなかいいね。こっちのバージョンにしよう」

「変更するんですか?」

「差し替えるんだ。もう選考委員には送っちゃってるんだけど、もう一度送り直そう」

「そんなことできるんですか?」

ぼくの問いには答えずに、鈴木氏は作品について指摘した。会話の部分だった。

ニューヨークに語学留学する若者たちの日常を描いたストーリーだったが、彼らの他者依存の生活を描くのに、当時ぼくは話題がどんどん変わっていくうつろいやすさで表現しようとしていた。

Aさんが訊いた話題にBさんが答えずに、Cさんに別の質問をする。誰も答えが知りたいわけではない。誰かとつながっているという現実を確認したいのだ。

そんな会話が狙い通りに表現できていないといいたかったのだろう。

「この辺を手直ししなくちゃいけないけど、大丈夫?」

「もちろんです」

受賞できるのであれば、こだわるような部分ではなかった。鈴木氏の冷静な指摘を、ぼくはドキドキしながら聞いていた。

しかし結局、受賞することはできなかった。該当作なし。奨励賞が三点で、その一つに選ばれた。

「残念だったなあ。もう少しだったんだけどね」

そういう鈴木氏の表情は、本当に悔しそうだった。もしかしたら、受賞作を出すことができなかったという、賞の運営者としての気持ちが出たのかもしれない。

学生小説コンクール自体が、翌年を最後に「新潮新人賞」に引き継がれることになるのだが、そんな方向性をすでに認識していたともいえる。

授賞式の様子は、思い出すことができない。

何かスピーチをしたはずだが、記憶していることといえば、長引く就職活動の影響でリクルートスーツで行ったことと、写真を撮ったことだ。周囲とのギャップを感じ、こんな格好で来なければよかったと後悔したのを憶えている。

「賞をもらったんだ」

ぼくの報告を受けて、父はひどく驚いていた。

「小説を書いてたのか」

「うん。一番の賞じゃないけどね」

「立派じゃないか」

ぼくの名前が載った「新潮」の最新号を受け取ると、父は老眼鏡をかけてじっと見た。

当時は実家から大学に通っていたが、父との会話はほとんどなかった。ぼくは何かと行動に口を出されるのが嫌で、お互いにコミュニケーションをとらなくなっていた。そんなぼくが珍しく話しかけてきたので、驚いたのだろう。

父は選考委員の選評を読むと、雑誌を置いてメガネを外した。

「この野郎に嫌われたのか」

「そうみたいだね」

「でも、この女のほうは気に入ってるみたいじゃないか。この人の意見に従うといいよ。この世界は誰についていくかが大事だから」

ある男性作家からの評価が低かったことが、賞を狙ううえで足かせになったのは明らかだった。海外生活の設定を「つまらない」と断じ、「曖昧な態度」が書かれているのみで、自分の態度が見られないとコメントされていた。

もっともな指摘だとは思いながらも、納得できるものではなかった。寄り添うものを持たずに生きる若者が描きたかったのであり、少なくともぼくの周りではそんな生き方のほうがリアルだった。むしろ女性作家の指摘のほうが、強く刺さっていた。物語世界との距離を取り、その間を言葉の力だけで埋めようとする姿勢が、前向きに評価されていた。

しかし祖父の存在の必然性が、十分に消化されていないという点は、自分でも認識していた。二人の作家のコメントに線を引くと、父はぼくに雑誌を返してテレビを点けた。

何か重要なアドバイスを父に期待していたわけではなかった。ぼくの作品を読んで欲しかったわけでもない。ただ短期間とはいえ、映画の製作に関わっていたのであれば、一人の若者が構築した世界にもう少し関心を示してよいのではないかと思った。

父にとっては、ワイドショーのほうが大事だったのかもしれない。ぼくは、パン屋に何を訊いても仕方ないと割り切ろうとしていた。

映画をやめたあとの父の動きは、厚生年金の記録を追うことである程度把握することができる。岩波映画で昭和三九年(一九六四年)まで働いたあと、五年間年金のデータは残されていなかった。

昭和四四年(一九六九年)、三〇歳にしてある工場で勤務してから(在籍七ヵ月)、落ち着かない時期が続く。

在籍期間がそれぞれ三ヵ月、一ヵ月、四ヵ月、四ヵ月、一ヵ月、七ヵ月と、四九年までの五年間に少なくとも七社を渡り歩いている。母の話では、もう一度映画をやろうとしていた時期で、まともに働く気はなかったようだ。

母が憶えているのは、父と結婚した時期に勤めていた伸和発條工業だ。この頃知り合った野川発條の松田信介とのつき合いは長く続き、お互いの子どもの結婚式に出席する仲になる。ばね屋同士で、何らかの縁ができたのだろう。

母は、父より七歳年下だ。昭和二一年(一九四六年)神奈川県小田原市で、和菓子屋を営む両親の間に生まれた。三姉妹の二番目だった。

伯母とは顔がそっくりで、ぼくが実家に泊まりに行くと、朝起きてどちらが母かわからなかったこともある。和菓子屋は一番下の叔母夫婦が継ぎ、母は大学を卒業すると専門学校の職員になった。

父と結婚したのは昭和四六年(一九七一年)、父が三二歳、母が二五歳のときだった。翌四七年に、姉が生まれた。当時は都内の板橋区にマンションを借りていた。賃貸だったが、父は知り合いに買ったと自慢していたらしい。

母がため息交じりに思い出すのは、父が町田産業という会社を興したときのことだ。自動給茶機を販売する会社だったが、実態は大島産業という同業の会社に勤めて得た給料を社員に払うことで成り立っていた。

何人か従業員を雇っていたが、一番若い社員に月五万円を支払っていたという。当時専門学校の職員として朝から晩まで働いていた母の給料が、月四万円程度の頃だ。バカらしくて仕方なかったという母の気持ちがよくわかる。

しかし、そんな会社が続くはずがない。しばらくして町田産業をたたむと、父はふたたびいくつかの会社を転々とした。

銅島乳業というN乳業系の販売会社で生クリームの営業をしたのが、のちにパン屋をはじめるきっかけになった。昭和五三年（一九七八年）、三九歳のときに埼玉県K市でロビンズというパン屋を開業するまで、一家はほぼ母の収入のみで暮らしていた。

三〇代のどっちつかずの生活をしていた頃の父を知る松田信介の話を聞くため、南越谷にある野川発條の本社に行ったのは一〇月八日のことだった。松田氏は野川発條の社長で、今でも現役だ。アポを取ったときには、仕事の関係でできれば週末の午前中が良いとのことだった。

新宿から埼京線で武蔵浦和に向かい、武蔵野線で南越谷に出る。妻には子どもたちと新三郷《しんみさと》のららぽーとで遊んでいてもらい、ぼくは一人で野川発條本社に向かった。

「タクシーで来るなら住宅展示場の裏っていえばわかるよ」という松田氏の説明通り、モデルルームの向こうに大きな看板が掲げてある。一〇時にはまだオープンしていなかったが、帰りにはキッズスペースに子どもがあふれていた。

松田氏は服装こそ工場のおじさんといった風情だったが、話し方もしっかりしており現役の経営者らしい威厳を感じさせる。父と同じく昭和一四年(一九三九年)生まれの七八歳。父と知り合ったきっかけは、父の伸和発條での勤務時代だった。

当時、伸和発條は墨田区に工場があり、同じ地区に工場があった野川発條と取引があった。野川発條は松田氏の妻の実家が経営していた会社で、社内で気の合う仲間に飢えていたのだろう。同じ年の父とはすぐに仲良くなった。

父が伸和発條に勤務したのは、一九七一年四月から八月の五ヵ月間だけだ。その間幾度となく飲みに行く関係だったというが、松田氏の父に対する印象で強く残っているのは、人の上に立とうとする意識の強さだ。

今でこそこんな仕事をしているが、自分はいつか大きくなってやる。とくに映画がうまくいかなかったことは松田氏も聞いており、悔しそうにしていたという。父が三二歳のことだった。

一方で、実行力と営業力の強さも記憶に残っていた。伸和発條での勤務が短期間に終わった父は、大島産業に近づき自動給茶機のビジネスを手掛けようとするが、あっけなくそのプランはついえていく。

パン屋が儲かるといって、野川発條の店舗を使わせてくれといってきたこともある。それは松田氏が、今まで見たことのない種類の行動力だった。

当時の父との会話で憶えているのは、たまにかかってくる電話だった。

「彼女でもできねえかな」

父のとぼけた口調に、松田氏が怒鳴った。

「何バカなこといってるんだよ」

「いいじゃねえか」

「パン屋になるっていうから、お前に奥さんがわざわざお弁当を作ってくれてるんだろ。勘違いするなよ」

パン屋の見習いをしていた頃のことだ。どんな逆境にあってもへこたれない精神力の強さを、父は持っていた。

口が悪いのは昔からだ。誰とでもケンカ別れしてしまうので、仲の良い友だちがいない。松田氏が唯一、父を叱ることのできる存在だったのだろう。何をいわれても気にしないおおらかさに、父が甘えていた面もある。

松田氏が何度も口にしたのが、母がいたから父が助けられたという言葉だ。

当時母は障害児向けの専門学校で職員として働きながら、週末はパン屋の店番をしていた。松田氏自身、妻の介護を一〇年間続けてきたそうで、他人ごとでなかったのだろう。実感のこもったいい方だった。

松田氏が父との思い出で鮮明に憶えているのは、野川発條の本社でパン屋を開こうとしたときのことだ。K市でロビンズを開店する前の話だ。勝手に準備をして、松田氏にほとんど何の相談もなかったという。

父には、松田氏の妻に店番をさせるという計画があったようだ。しかし妻の父親に「何でばね屋がパンを売るんだ」と反対されて、話は流れた。

もう花輪まで用意していたので、相当ショックだったのではないかと松田氏はいう。その後本当にパン屋を開いたことも、松田氏が父を評価している理由でもある。

ばねというのは一般の人は普段見ることのない部品だが、あらゆるところで使われている。乾電池や蛍光灯をセットする際や、ホチキスなどの日用品で見かけるのは、ごくわずかだ。自動車には二〇〇種類ものばねが使われているが、自動制御装置の普及により生産量が二〇パーセント減少したといわれている。

昔は自動車部品に採用されれば五年間は注文が来るので、当面の収益を読むことができた。野川発條はバブル期には事業をプレスにも拡大し、二〇人近くの従業員を雇っていた。毎月一千万円単位の売上げがあり、一流メーカーとも取引があったが、リーマンショックで多くは失われた。

「これからはどうなっていくのかね」

世の流れに先手を打ってきたという松田氏も、ここから先は見通しが立たないという。

生産を外注して、土地の大半を売却したのは二〇一六年のことだ。今では、長男と事務員の三人で会社を回している。どうにか借金がなくなっただけでも良かったという。

別れ際、荷物をまとめているぼくに、松田氏は小さなばねを見せた。

「これ一個で、どれだけ利益が出ると思う?」

「そうですね……」

考え込むぼくの答えをしばらく待つそぶりをしたが、松田氏は「ほとんど何も残らないよ」とつまらなそうにいった。

「本当に嫌になるほど、儲からない仕事だ。この歳になっても会社を経営して、どうにか頭もはっきりしている。あなたのお父さんとは違うように見えるかもしれないけど、ほとんど何も変わらないかもしれないな」

「そんなことはないですよ」

「いやいや、本当だよ。長く生きていれば、いろんな人に迷惑をかける。勝手ないい方かもしれないが、それは仕方ないんじゃないかと思う。町田の人生はたしかにメチャクチャなところが多かったかもしれないが、恨むのだけはやめておいたほうがいい。他人を恨んでいたら、ダメになるのは自分だからな」

ぼくの気持ちを推し測ったようないいぶりが、強く印象に残った。

この頃ぼくは、週に一日は会社を休んで病院に行くようになっていた。要介護状態の親を持つ場合、介護休暇の取得が認められている。

法律上は年間五日間以上と定められているが、これでは週に一日休めば、ほぼひと月で取得し終えてしまう。

ぼくのように、小さい子どもがいる家族はどのように対処しているのだろうか。有休の残りが少なくなるにつれ、今後に向けての不安が頭をもたげてきた。

ぼくが病院に行くと、すでに父はテレビのある一般病室に移動していた。四人部屋の、入り口に一番近いベッドだ。ほかの三人の患者にも、見舞い客が絶えない。にぎやかな雰囲気で治療に専念できることが救いに思えた。

父はリハビリで自分の運動靴を履き、車椅子なしでスタッフと廊下を往復していた。こんなに長く歩く姿を見るのは、入院して以来はじめてのことだった。途中ソファで休むものの、独力で立ちあがっている。着実に体力がついてきている。

しかし元気になるにつれて、母や看護師の気分を害するようなことをいうのが気がかりだった。

「家に帰るから早く準備をしろ」と怒鳴られても、まだダメだというしかない。

ぼくはリハビリを見たあとで、時間をかけてゆっくり父の話を聞いた。気になったのは、話に脈絡がない原因が、せん妄にあるのか、認知症にあるのかがわからないことだった。

もし認知症が進んでいるのだとすれば、一般病室にいる間に刺激を与えて、進行を阻む必要がある。少しでも多く父に話をさせることが、ぼくの役割のような気がしていた。

一般病室に入ってよくわかったのは、父の感情の変化だ。新聞やテレビに興味を持っているときは、表情が明るく機嫌が良い。母の顔を見て「新聞は？」と訊くのは、情報に飢えている証拠だ。そういうときは、すぐに売店に買いに行く。

たいていは相撲の記事を見て、テレビを点けてイヤホンで聴く。自分でリモコンを操作して番組を替え、感想をいうときもある。

横になりながら、身体を活発に動かすことがある。そんなときは、足やお腹をさすってあげると喜ぶ。かなり回復してきているが、排せつはまだ自分でできなかった。

母がいないときに問題が生じることが多かった。母が墓参りに行く日は、病院に来る時間が遅くなると聞いただけで混乱した。

「どこに行ってたんだよ。遅いじゃねえか」

「お墓参りよ。昨日いったでしょ？」

「本当か？」

すでに前日の会話が記憶にない。

「今日だけだから、明日からは大丈夫よ」

「それならそうと、はっきりわかるようにいってくれよ」

簡単に非を認めないのは昔からだ。この日の父は、風邪をひいたから薬をくれと大騒ぎしていた。看護師に頼んで、薬はもう点滴で入れているから大丈夫といってもらうまで安心しなかった。

混乱したときは、昔の話をすると落ち着くことが多かった。中国からの引き揚げ、岩波映画時代の仲間、家族や姉妹、千葉の実家のことなど、母が訊くと思い出すままに話した。

妹の千賀子のことを思い出すと、電話して欲しいといった。一方でお金が絡んだことを思い出すと、騒ぎ出すことが多かった。

寝ているとテレビに飽きるのか、起きて歩いてみたいということがあった。

母が手助けして病室の入り口まで行ったが、水道の蛇口を見ると水が飲みたいのか、「蛇口を外して持って帰る」という。騒ぎはじめたところで、断りなくベッドから離れたことが見つかり、看護師にベッドに戻された。

父が強いこだわりを見せたのが、飲料水についてだった。飲食は禁じられているが、話せばのどが渇くし、口を潤したくなる欲求は抑えることができなかった。

「今ならばれねえから、水を一本買ってこいよ」

「お医者さんに、ダメだっていわれてるでしょ」

「お前まで何いってるんだよ。医者のいうことばっかり聞いてるんじゃねえよ」

テレビを見たり、リモコンでベッドの調整を行ったりしていると、母に水を要求することがあった。水を飲めないことがわかっていないので、母の対応が気に食わない。

ティッシュに水道水を含ませたものをしゃぶっていたが、水が臭くて嫌だという。そこで看護師にコップを用意してもらい、市販の水で湿らせたガーゼを口に入れるようになった。

この頃父の面倒をよく見てくれたのが、看護学校からの研修生だった。二十歳そこその学生のようで、明るい受け答えは気持ち良いのだが、まだ慣れていないからか、何かと処置に時間がかかるのが難点だった。

母からすれば、昼間は寝すぎないように父に積極的に話しかけて欲しい。しかしまだ学生で共通する話題が乏しいからか、話しはじめても父がすぐに飽きてしまう。

機嫌の悪いときは、父の格好の攻撃対象だ。相手が強くいえないことがわかると、リハビリも口のなかの掃除もしたがらない。おむつ交換も「寒いから早くやってよ」という態度で、お願いするような姿勢はみじんもなかった。

対応がむずかしいのが、手のかかるシャワーのときだ。父はシャワーを浴びるのは好きだが、終わると、「寒い、寒い」、「早くしてくれ」を連発して大騒ぎになる。お腹のテープの貼り替えをする手際が悪いといって悪態をつき、チューブから栄養剤が漏れてしまったことがあった。汚れたテープや寝巻を交換しなければならない。あまりに父が文句ばかりいうので、看護師に嫌われてしまうのではないかと母が心配していた。

退院に向けての準備も、同時に進められていた。市の高齢福祉課から手紙が来た。要介護認定審査の結果が、一〇月二二日に通知されるとのことだった。

増田相談員から、退院後について話があった。胃と腸をつなぐ手術をするまでの間は、療養型病院であるR病院に転院するのが良いのではないかとのことだった。R病院はO市内にあるので、実家からも近い。新しい相談員もすぐに紹介できるとのことだった。

手術は二月か三月になるので、半年近くR病院に入院することになる。救急指定病院ではないので設備は今より劣るが、家に帰るよりは安心だ。ただ費用がどれだけかかるかという心配があった。

母は、R病院に面談のアポイントを取った。増田相談員にその旨を伝えると、八木医師も相談に乗ってくれた。

転院しても定期的にメディカルセンターに診察に来ることや、手術は本人の状態次第では受けない選択肢もあることなどを伝えられた。

ぼくが見舞いに行くと、父がお腹を出して寝ていることがあった。シャワーを浴びてベッドに戻ってきたところで、「いつも一番風呂に入れてもらっている」と、気持ちよさそうにしていた。

前日から、母はスポーツ新聞でなく一般新聞を持っていくことにしていた。日本出身のカズオ・イシグロがノーベル文学賞を受賞したという、朝日新聞の数日前の記事を、老眼鏡をかけて見ていた。

「新しい本を持ってきたよ」

ぼくが一〇月一一日に発売される予定の文庫本を渡すと、父はうれしそうに見ていた。何日も前から、母のスマホで表紙を見て楽しみにしていたらしい。

母に一冊、父に三冊渡し、誰かにあげればというと、さっそく読みたいといっていた看護師にプレゼントした。同僚の間で回して読むそうだ。

ぼくが岩波映画時代に関わった人たちのことを訊くと、はっきりと答えた。数人の名前が次々と出てくるのは、さすがというしかない。はじめて聞いた話もいくつかあった。

岩波映画のときについたカメラマンでは、奥村祐治が一番多かったらしい。すでに亡くなっているというと、「本当か？」と驚いていた。

「いつ頃のことだ？」

「二〇一二年だから、五年前だよ」

「そうか。みんな死んでいくんだな」

奥村氏にはとくに良くしてもらったようだ。西山東男、金宇満司といった先輩にもついたことがあるらしい。また岩波映画退職後に勤めたのは、新橋の東洋企画だという。あとはフリーで動くことが多く、「黄桜物語」のＣＭで業界誌の撮影賞を獲ったのも、この時期のようだ。

「こんなことくらいなら、治ったらいくらでも話してやるよ」

心強い言葉だったが、話を聞けば聞くほどぼくのなかで不安が強くなっていた。どの話も、少しずつ変わっていた。父が働いたことがある製作プロダクションは「東西企画」だったし、賞を獲ったのは「新人賞」だったはずだ。

奥村、西山、金宇といったカメラマンについた話なども、今まで聞いたことがなかった。認知症がはじまっているのだろうか。徐々に薄らいでいく父の記憶に、どこにもたどり着けなくなる不安がぼくをかき立てていた。

◇

職業を転々としていた父がパン屋に行き着いたのは、銅島乳業に勤めているときだった。意外だったのは、ケーキ屋からはじめたことだった。銅島乳業はN乳業の販売代理店で、ケーキ屋に生乳を販売するとともに、ケーキ屋の出店援助をしていた。

開業させた店に独占的に生乳を販売することで、営業網を拡大しようということなのだろう。当時の同僚である沢本貞夫の年賀状が母の書類のなかに残っており、話を聞くためにさがすことにした。

しかし銅島乳業で父が働いていたのは、昭和四九年(一九七四年)から五三年(一九七八年)まで。四〇年も前の話だ。当時三〇代後半だった父がつき合った相手になる。

年上のかたであればもう他界している可能性が高く、生きていても当時のことを訊き出すのはむずかしいだろう。年下であれば接触できる可能性はあるが、同じ会社に勤め続けているとは限らない。

調べてみるとやはり銅島乳業は、幾度か会社の形態を変えていた。設立は昭和四五年(一九七〇年)。

埼玉県戸田市に本社を置き、牛乳・乳製品等の販売を行っていた。

父が入社する四年前だ。おそらく人員不足で、会社としても労働力を確保したかったのだろう。五七年に、商号を東京N食品株式会社に変更している。

その後平成二五年(二〇一三年)には、N乳業が傘下の販売子会社を合併させる方針に従い、Nフレッシュミルク株式会社が設立されている。

同社の販売網を確認してみると、会社の形態は大きく変わっているが、埼玉県内の販売は戸田工場に集約しているようだ。旧銅島乳業が中心になっている可能性が高い。まずは戸田工場に問い合わせてみた。

しかし会社の対応は素っ気なかった。総務の機能が各工場にもあるのかと思ったが、人事情報は本社に統一しているとのこと。本社の人事担当に問い合わせることにした。

経緯を説明して連絡をもらえるようお願いするが、たしかに沢本氏の在籍は確認できたものの、連絡が取れないという。再度お願いしたが結局連絡が来ないまま時間ばかりが過ぎてしまい、昔の電話帳をたどってさがすことにした。

見つけることができた住所は戸田にあった。N乳業の戸田工場に近い。可能性が消えていないと思ったのは、川口が近いことだった。ぼくは川口の病院で生まれた。ぼくが生まれた当時に働いていたことを考えると、この近辺で暮らしていてもおかしくないからだ。

ある日、実家に向かう電車を途中で降りると、西川口駅からタクシーに乗った。電話では反応がなく、沢本氏のマンションを直接訪ねるしか確認する方法がなかった。

西川口から車で一〇分弱のところにあるマンションで、かなり大きな建物だった。インターフォンを鳴らすと、沢本氏のご子息らしい男性が出てきた。

事情を説明すると、沢本氏は仕事に出ており、一七時半には戻るとのことだった。その日ぼくには予定があり、夕方は再訪することができない。週末の予定を訊くと、家にいるだろうとのこと。会食中に着信があったため夜にもう一度電話したが、やはり電話は通じずメッセージを残した。

沢本氏より折り返しの電話をもらったのは翌日、朝食をとろうとしていたときだった。電話の声を聞く限り、警戒している様子がうかがえた。

かつては親しくしていたとはいえ、むずかしい相手だということはわかっているはずだ。どんな要求をされるのかと身構えるのは仕方のないことだろう。九時半に、沢本氏の自宅近くのファミレスで待ち合わせることにした。

沢本氏は思ったより小柄で、やや痩せ型の体型だった。髪は短めで、六〇代後半にしては、黒い髪の毛が目立つ。連絡が遅くなったことを何度も詫び、「町田さんにはお世話になりました」と繰り返していた。

沢本貞夫は昭和二四年(一九四九年)生まれ。N乳業の販売会社である日の丸特販に所属していた。錦糸町に本社のある銅島乳業に吸収される形で、両社が合併した。

当時のN乳業は市販商品には強いが、業務用の世界では後れを取っていた。N乳業は業務用市場を開拓するため、商品販売部を立ちあげるほどの力の入れようだった。

ターゲットは、個人経営のケーキ屋だ。ケーキ屋は、二日に一回ケーキを作るとしても、毎回一〇リットル程度の生クリームが必要になる。このようなケーキ屋を開拓するうえで、営業担当が父で配達の手配などをしていたのが沢本氏だった。

今でもN乳業の戸田工場は残っている。以前は平屋で、駐車場になっている場所に出荷事務所があった。当時沢本氏は蕨市内に住み、父は川口の青木町に住んでいた。小学校の近くにあるアパートに、よく父を迎えに行った。

仕事で直接絡むことはあまりなかったが、よく飲みに誘われたという。風邪をひいてアパートで寝込んでいても、「行くぞ」といって平気で誘いに来る。沢本氏は当時まだ独身で、声を掛けやすかったのだろう。

憶えているのは、ある大きな製菓会社を父が担当していたときのことだ。会社の懇親会に業者として招かれたのだが、なぜか沢本氏も呼ばれることになった。「お前も来いよ」といわれれば、ついていくしかなかった。そういって沢本氏は、当時の記念写真を示した。

「まだ若いですね」

一〇〇人近い浴衣姿が、宴会場らしい場所で写真を撮っている。右上のほうに写っているのが父で、温泉に入ったあとだからか、髪の毛がぼさぼさに見える。遠く左下に写っているのが沢本氏で、こちらはやや緊張した面持ちだ。

「昭和五二年だから、自分が二八歳のときかな」

「父のほうが一〇歳年上ですので、三八歳ですね」

「このあと少ししてから、お店をはじめたんだよね」

「ケーキ屋をはじめるにあたっては、何かいわれてたんですか？」

「俺なんかには何もないよ。はじめるから、ついてこいっていうだけだ」

「そうなんですか？」

「もちろん、ケーキ屋が今までの営業相手だから、町田さんなりの狙いはあったと思うよ」

「クリームを安く仕入れることができるとか？」

「それもあったかもしれないけど、一番は、これなら稼げるって確信が持てたんじゃないかな」

ケーキは回転が悪いが、パンは毎日一定数が売れていく。ケーキがしっかり売れていればパンを作る必要はないが、毎日顧客に来店してもらうためには両方とも必要だったのだろう。しかし独立するにあたっては、そういった読みも聞かされていなかった。

「今思えば、あのとき俺に担当して欲しかったのかもしれないな」

沢本氏は、思い出すようにいった。

「そんなこと可能だったんですか？」

「いや。営業エリアも違ったし、自分がやるわけにはいかなかったんだ。俺と同期の人間が担当になったんだけど、性格が合わなくてね」

「父と合うかたなんて、ほとんどいませんから」

「そうかもしれないな」

沢本氏は、ぼくの言葉に苦笑いした。

当初は職人を採用したが、馴染めずに辞められていた。そのあとは父が自分で作っていたようだ。ケーキ作りのノウハウがなかったので、相当苦労したのではないか。商売がうまくいかず、売掛金が何百万円にもなったときには、沢本氏が取り立てに駆り出されたことがあった。

逆にロビンズでセールをやるというので、手伝いに呼び出されたこともある。憶えているのは、出入りしていたほかの業者とやり合って、その上司の頭を殴ったときのことだ。

ムチャクチャな性格だったが、やることは曲がっていなかったというのが、沢本氏の記憶に残る父の姿だ。筋を通すタイプで、芯が強い。

父がO市に引っ越したあとも、関係は続いた。平成元年(一九八九年)頃、当時勤めていた都内の事務所に父がいきなり遊びに来たときのことを沢本氏は鮮明に憶えている。

「行くぞ」というので、カバンを持ったまま車に乗り込み、O市の自宅までついていった。その日は一緒に食事をし、スナックのような店に飲みにも行った。

二人で飲んでいるときに、ふと母が呼ばれたことがあった。

「俺に何かあったら、沢本に頼め」

父が酔いながらいうと、母は冷たく返した。

「何かって何よ。訳のわからないことをいわないでよ」

沢本氏はこのときの情景を鮮明に憶えている。

若い頃は母に弁当を作ってもらったこともあるし、母のおにぎりを父にもらって昼食にしたこともある。しかし目の前の母には、殺気だったものを感じた。

当時の母は仕事をしながら子育てをし、週末はパン屋の手伝いもしていた。生きていくだけで精いっぱいだったがゆえの、裸の言葉だったのだろう。

個人事業主を相手に営業をしていてむずかしいと思うのは、常識が通用しないことだと沢本氏はいう。とくに職人のような個性の強い人たちとは、普通の感覚でビジネスは成り立たない。

金を払えというと百円玉を出されるような話はどこにでもあるもので、メチャクチャなことをいわれても彼らとつき合っていかなければならない。

「払いたい日に来ないから払わない」といわれて怒っていては、いつまで経っても信頼関係は構築できない。そんなわがままにつき合ってこそ営業なのだ。

父のことをすごいと思うのは、大変な環境だったはずなのに弱音を吐かなかったことだという。不安などひとことも聞いたことがない。勘違いに近い思い込みはあったが、自分の将来に悩んでいる様子もなかった。

むしろ、イカサマをしてでも儲けてやるという気持ちが強かったのかもしれない。例えば賞味期限が切れているケーキも、スナックで飲んでいる客には違いなどわかるはずがない。

映画の話をぼくが振ると、沢本氏はしばらく考え込んでいた。

「そんな話、したことあったかな……」

「なかったですか?」

「昔からカメラが好きで、分解してたっていう話は聞いたような気がするけど……」

ぼくは思い出そうとする沢本氏の表情を見ながら、カメラマンをしていた頃のことがすでに過去になりつつあることを想像した。沢本氏ともっとも親密につき合っていたのが三〇代後半だとすると、岩波映画を退職してからすでに一〇年以上が経っている。

夢をあきらめるには、十分すぎるほどの時間といえる。人生、まだ後半戦が残っている。残りの人生をどう過ごすかということのほうが、重要なのは明らかだ。

「そういえばドキュメンタリーを撮ってたっていうのは、そのことかな」

「それです」

「思い出したよ。そうだ、町田さん、そんなことといってたよ。いつだったかな、どこかで飲んだあとでからんできてさ、お前、俺が映画やってたの、信じてないだろっていうんだよ」

ぼくはメモを取るのも忘れて、沢本氏の話に聞き入っていた。

「信じるも何も、映画のことなんか何もわからないからさ、どう反応していいかわからなかったんだよ。そうしたら、証拠を見せてやるから、ちょっと来いって」

父は川口のアパートに、沢本氏を連れていったという。

「これだよ」

しばらくして父が持ってきたのは、「町田プロダクション」と書かれた大きな木の看板だった。

「本当だ。芸能人みたいじゃないですか」

沢本氏が喜ぶ姿を、父は満足そうに見ていた。若い日のことを思い出す父の姿が、鮮明に浮かんでくるようだった。

都内の事務所に通うようになってからは、沢本氏は仕事が忙しくて父と疎遠になっていた。四〇代になり、会社での責任も重くなったことから、週末も休めないことがあった。そんなサラリーマン生活も、定年を前にして三年間の出向という形で終わりを迎える。

最後の職場は水道橋にあった。もともと武蔵屋という販売店が東京ドームでのドリンク販売をしていたのだが、不振で東京Ｎ食品が買収することになった。

球場では基本的にペットボトルは販売禁止で、紙パック製品の売り込みをしていた。その管理をしろという。上司とソリが合わず、会社とも最後はぎくしゃくした雰囲気で離れることになった。

「いろんなことがバカらしくなっちゃってね」

沢本氏は冷たくなったコーヒーカップに目を落とした。

「もし町田さんにもう一度、行くぞっていわれたら、ついて行ったかもしれないな」

沢本氏の笑顔に、遠い昔の二人の関係が伝わってくるようだった。

もう一つの家族のことを訊き出すことができなかったと気づいたのは、沢本氏と別れたあとだった。当時の父にとっては、映画ですら過去の思い出になりつつあるようだった。そこには第二の人生を歩きはじめた男の姿があった。


ぼくが母とＲ病院へはじめて行ったのは、一〇月半ばのことだった。

Ｏ駅からバスで三〇分程度のところにある療養型病院で、一〇〇人以上が入院できる。八〇歳以上の高齢者がほとんどで、見たところ寝たきり状態のかたばかりのようだ。

母と心配したのは、刺激がないため、父も寝たきりになる可能性が高まるのではないかということだった。

二月にメディカルセンターで手術を受ける予定だが、それまでに何度か介護タクシーを使って診察に行くことになる。

入院中は、リハビリが週に二回、入浴が週に二回。面会は一四時から二〇時までだが、訪れる人はまばらで患者同士のコミュニケーションは皆無だ。こんな生活で、手術に向けて体力を回復させることができるのだろうか。

夕方一七時に再度病室に行ったときにR病院の様子を話すと、父はそれでいいといっていた。自分の息子は相撲取りの稀勢の里なのだと、真面目に看護師に話している姿はいつも通りだ。違うのは、翌朝になって混乱が生じたことだった。

九時四〇分頃、病院から母に電話があった。前日に何度も、O市内で学校関係の会議があるから昼頃に来るといい聞かせた母の言葉は、すっかり忘れられていた。はじまったばかりの会議を抜けて、母が病院に着いたのは一〇時三〇分頃だった。

訊くと、前日のR病院の話を思い出してパニックになってしまったらしい。寝たきり状態の高齢者がほとんどだったという件《くだり》だ。家に電話して、早く来てくれと伝えて欲しいと大騒ぎした。

いつもは手袋をしているが、前日に擦り傷を負ったらしく包帯をしていた。水を看護師に処分されてしまい、ベッドの柵も自分で外せないようにひもで縛ってあった。

「どうしたの?」

「俺の名前を書いてみてくれよ」

落ち着いたタイミングで母が話しかけると、父は怒るように答えた。

「名前だけでいいの？」

「住所とか生年月日とかもだよ」

母はノートを取り出すと、父の氏名、住所、生年月日、電話番号を書いて渡した。

「これが俺の名前なんだな？」

「そうよ」

「本当に、これでいいんだな？」

知らぬ間に、認知症が進行していくのが怖いのだろうか。何度もメモを見ては、内容を母に確認していた。

しかししばらくすると、「稀勢の里は俺の息子だ」、「焼いたパンを早くしまわないと腐っちゃうよ」、「八〇万円は用意したか？」など、つながりのないことを話しはじめた。

メディカルセンターでは、リハビリは午前と午後にわけて一日二回行うようになっていた。リハビリのときはいつも機嫌が悪く、今日はやりたくないと子どものようにいうのを励ましてやっと動く。リハビリが減るのも、転院に際して心配な点だ。

しかしリハビリがなくなると、自分が寝たきりのお年寄りたちと同じ状態になるのがわかるのだろうか。父の文句がいつもより少ないのが意外な気がした。

トイレは、何かとトラブルの種になることが多い。よくあるのが、大便がしたいと思ってトイレに行っても、なかなか出ずにイライラしてしまうケースだ。ふたたび便意を訴える父をトイレに促しても、聞く耳を持たない。

「どうせトイレに行っても出ないからここでする。看護師を呼んでくれ」

「何いってるのよ。早く慣れないと、退院できないのよ」

「いいから、看護師を呼べよ」

母が呼びに行くが、看護師も「トイレに行きましょう」というだけなので、さらに興奮してしまう。

「あいつらはおむつを替えたり、便を拭くのが嫌だからあんなことをいうんだ。横着なんだよ。自分の便が出るかどうかは、俺が一番よく知ってる」

こうなると話にならない。

胃と腸をつなぐ手術をしないと、食事ができるようにはならないことは理解している。また退院後の生活に、体力が不可欠なことも理解している。しかし父は、どうやら体力をつけなければ手術を受けられないという風には頭が働かないようだった。

一番父に効いたのは、トイレに行けばお金がかからないという金銭的事実だったかもしれない。おむつ代が高く、月額何万円も費用がかかるというと、父はようやくトイレを使いはじめた。看護師を呼ばずに、自分で尿器を持って歩く姿を徐々に見かけるようになった。

一方で、父が楽しみにしていたのは入浴だった。

ある日面会に行くと、ちょうどその準備をしている。入浴用のベッドに移され、身体を洗ってもらうのだという。入浴後は血色がよくなり、笑顔でいることが多かった。

予定されていた入浴が延期になったときは、相当の落ち込みようだった。前日からリハビリにも嫌な顔をせず、看護師に風呂の温度を訊いていたが、主治医が緊急オペに入ったことで延期になってしまった。

めぐりあわせの悪いことに、担当は研修生だ。相変わらず慣れていないからか、処置が遅くて父に怒鳴られてばかりいる。父は相当ショックだったようで、「帰りたい。早く車の用意をしろ」、「家で眠る」など、大きな声でしばらく怒鳴っていた。

R病院からは、すぐに入院を受け入れるという電話が来た。

ただし四人部屋が空いていないので、一日あたりプラス二千円でテレビ付きの部屋か、プラス三千円で二人部屋になるとのことだった。月額にすると六万円か九万円も余計にかかるので、月額二二万円か二五万円になってしまう。四人部屋に入るには、もうしばらく待つ必要がありそうだった。

一〇時から八木主治医との面談が予定されており、母が九時半に病院に行った。朝の回診で主治医から、手術までもう少し時間がかかる旨の説明があったようだが、父からは早期の手術を再度お願いするよう頼まれていた。

「どうにか年内に手術をすることはできないでしょうか」

「それはちょっとむずかしいですね。最初の手術から半年か、できれば一年は様子を見たいと思っています」

「そんなにですか……」

「三ヵ月も経たないうちに手術をすると、かえって身体を壊してしまう可能性があるんです。それが医学界の常識ですよ」

そこまでいわれてしまうと、母は何もいえなかった。

「今のままだと、気力がもつかどうか心配です」

「頑張ってもらうしかないですよ。ここが踏んばりどころです」

「そうかもしれませんけど……」

「町田さんはまだ若いですから、手術をすれば食べられるようになって、元の身体に戻れるっていう気持ちを持ち続けてもらうしかないと思います。どんなに早くても、手術は年明けになりますね」

そのためにも、次の病院で待機していてほしいというのが主治医の考えだった。メディカルセンターには、月に一度診察に来るだけでよいという。

「自宅療養っていうのも、考えていいんじゃないですかね」

「自宅ですか？」

「むずかしいようですが、昔とはサポートの量が大きく違います。訪問看護だって充実している。何かあったらすぐに病院に来てもらえばいい」

増田相談員の推奨もあってR病院への入院をメインに考えていた母にとって、自宅療養は意外な提案だった。短期間でここまで回復することを想定していなかったからだが、父の性格を考えると、自宅にいればさまざまな衝突が予想されるのも事実だった。

父は水を飲みたがっており、水なしでは次の手術まで気力がもたないというと、今後は一日に一リットルは水を飲んでよいことになった。

先生との面談の結果を伝えると、父はさっそく水を飲みはじめた。手術が早まらなかったことは残念がっていたが、水を飲めるなら頑張れるという。その後R病院から連絡があり、転院は一〇月一九日に決まった。


「たこ焼き屋さんが見つかったのよ」

「たこ焼き屋?」

「お父さんが送金をお願いしたっていうお店よ」

病院のカフェテリアで、休んでいるときだった。母の言葉に、ぼくは数週間前、二人で駅前をさがしたことを思い出した。

「健太郎さんへの送金か?」

母はうなずいた。父と前妻である栄子さんとの子どもだ。結局その日はお店が見つからずに、暇を見てさがしておくという母に頼んだままになっていた。

店舗は駅の近くにあったが、長くシャッターが閉められているため気づかなかったという。

「じゃあ、店長とは?」

「会えなかったね。体調を崩したんで、しばらく休みますっていう紙がシャッターに貼ってあったの」

「そうか……」

ぼくは母の説明に従って、店の場所をノートに書いた。駅から実家に向かうときには、いつも通る場所だった。

父と前の家族とのつながりは、依然としてわからないままだった。栄子さんの実家の住所は、古い戸籍謄本で確認してあった。しかし赤の他人にすぎない自分が、突然訪ねていくようなことはしたくなかった。

父が送金をお願いしたというたこ焼き屋さえわかれば、事情を聞くことができるのではないか。父の過去に、少しだけ近づきつつあるようにも感じられた。

ぼくが見舞いに行くと、父は元気そうだった。一日一リットル水が飲めるというだけで、表情がここまで変わるのだろうか。

話しているとのどが渇くのか、テレビの下の冷蔵庫からペットボトルを出して飲んでいる。胃ろうで出すことになるのだが、身体に吸収されない水にも、これほどの効用があるという事実が驚きだった。

翌日母が一一時に病院に向かうと、父はすでにペットボトル一本半の水を飲み終えていた。父に訊くと、そんなに飲んだ覚えがないという。もう半分しか残ってないというと、飲めないとつらいと困った顔をした。胃ろうの廃棄液の色は透明に近く、胃からの出血はなさそうだった。

母が、翌週には転院することを話した。父は一番安い病室でかまわないし、新しい病院までの移動も母の車で頑張れるという。姉がテレビを持ってきてくれると聞いて、喜んでいた。

この日は、研修生の最終日だった。前日まで三日連続でシャワーを浴びることができたのも、彼女が頑張ってくれたからだ。何とか穏やかに送り出すことができればと思っていたが、父の文句は止まらなかった。

シャワー後もやることが遅いと文句をいい続けて、「あんたは看護師に向いていない」とまでいってしまった。研修生は涙ぐみながらも、父の毛布を交換し、歯磨きをさせてくれた。最後の退勤時にも挨拶に来たが、高飛車な態度を変えない父に、母がついに切れてしまった。

「少しは人の気持ちも考えなさいよ。そんな態度だったら、もう明日から見舞いに来ないよ」

入院してから二ヵ月が経つ。何でも好き勝手に文句をいえる生活が、当たり前になってしまったのだろうか。

病人はつらいだろうが、毎日接してくれる人たちの気持ちも考えてほしい。仕事とはいえ、わがままをいいたい放題の患者は嫌だろう。母の見放すような言葉にも、父の態度は変わらなかった。

翌日見舞いに行った母が冷蔵庫を確認すると、置いてあった水がほとんど空になっていた。二日間で、五〇〇ミリリットルのペットボトルを六本飲んだことになる。一日三本だ。

そんなに飲んだ覚えがないという父の反応は変わらなかったが、飲みすぎるとどうなるかと不安がっていた。看護師からは、今のところ問題ないが、今後は一日一リットルを守って欲しいと強い口調でいわれた。ほかに楽しみがないだけに、どうしても飲みすぎてしまうのだろう。

リハビリでは、いつも履いている運動靴が滑って歩きにくいという。母が家にある運動靴を洗って持ってこないからだと文句をいい続けたので、母も今度ばかりは我慢できずに病室を出た。

母は帰りがけに、転院の際の道順を調べるのを怠らなかった。時間がかかると病人の負担になるので、最短のコースを確認しておきたかったという。

しかしこの日は結局、道を間違えてR病院に二回行くことになってしまった。約三〇分かかった計算になる。唯一慰められたのは、姉からの誕生日を祝う電話だった。この日は、母の七一歳の誕生日だった。


転院の前日のことだった。天気が良かったので、母は昼頃、洗った運動靴を持って自転車でメディカルセンターに向かった。お気に入りの運動靴らしく、父はすぐに履いていた。

転院のときに着る服を確認すると、珍しく着て散歩してみようという。しかし手持ちのズボンがきつかったので、翌日に母がほかのズボンを何本か持ってくることになった。

父は家に帰って自分で服を選びたいといっていたが、まだ無理な話だ。母は転院後のことをいって聞かせた。リハビリは自主的に頑張って欲しいこと。トイレに行くだけでもリハビリになること。年内はR病院で過ごすこと。

途中で何回かチューブの調子を見てもらうために、メディカルセンターに来ること。年明けに手術をすること。主治医が時間さえ経てば治してくれるといっているので、頑張って待つこと。今まで何度も話したことばかりだ。

このところ新聞を持っていっても見ないし、テレビもほとんど点けていない。前日はパソコンの代わりにタブレットを持っていったが、電源を入れると少しだけ眺めていた。

横になったまま手に持つと重いので、ベッドにテーブルをセットして見るのがいいという。タブレットは病室の引き出しに入れておいたが、今日はそれを取り出すこともない。元気なときはインターネットを見ていたが、今はそんな気になれないという。気力がなくなってしまうのが怖い。手術まで本当に持つだろうか。

病院から、九月分の請求書が届いた。合計九万六九六六円だった。内訳は、証明書一〇八〇円、自己負担額五万七六〇〇円、食事療養負担額二万五九二〇円、おむつ代一万三四四六円。このほかに寝巻等のリース代がある。父は自分の年金から払ってくれといっていた。

父は、治っても元気な身体には戻れないと、弱気なことをいっていた。こうなると、母も怒る気がしなくなってしまう。姉が二人の子どもを連れてくると、走り回る姿を見て喜んでいた。久しぶりに、母に笑顔が戻ったような気がした。

◇

父がふたたび映画に接近を試みたのは、平成五年(一九九三年)のことだった。岩波映画時代からの友人である、元カメラマンの佐川啓二と頻繁に連絡を取り合うようになっていた。ドキュメンタリー作家の北村皆雄に、映画製作の話を持ち掛けるためだった。

父の頭には、プロデューサーとしての役回りがあったようだ。しかし長期間にわたって全体の指揮を執り資金面の手当てをしていくには、作品に対する強い情熱が不可欠だ。構想が空中分解していく姿を見る限り、追求するべき映画に対する認識が不十分だったように思えてならない。

ぼくは午前中の顧客訪問のあとで、映像製作会社ヴィジュアルフォークロアの代表を務める北村皆雄に会う予定があった。

一一時までのアポイントが大手町であり、新宿御苑にある北村氏のオフィスでの約束が一一時半。途中でお土産を購入したとしても、時間に余裕のあるスケジュールのはずだった。

しかし午前中の顧客への説明に時間がかかり、大手町を出たのが一一時二〇分になってしまった。店に立ち寄る時間もなく、新宿御苑のオフィスにたどり着いたときは一一時四五分になっていた。

「大変失礼いたしました」

北村氏はすぐにわかった。大きな声で頭を下げると、笑顔で返してくれた。

「いえいえ。場所がわからないんじゃないかと思ってましたよ」

「こちらからお時間をいただいたにもかかわらず、申し訳ございません」

再度詫びると、名刺を取り出した。

実際のところ、ここまで来るのにそれなりの時間を要していた。昔数回会っただけの人物の息子だ。しかも映画の製作に入る前に、その話は立ち消えになっている。

新作の撮影の真っ最中ということも、面談を躊躇《ちゅうちょ》する口実になっていたらしい。変な印象を持たれたくなかったが、北村氏の笑顔を見る限り、そんな心配は杞憂に終わったようだった。

北村皆雄は昭和一七年(一九四二年)、長野県で生まれた。大学卒業後から記録映画、テレビドキュメンタリーの製作に関わり、昭和五六年にヴィジュアルフォークロアを設立、代表を務めている。

北村氏を有名にしたのは、八〇年代後半以降の世界の秘境を紹介するテレビ番組だ。

TBSの「地球浪漫」や「新世界紀行」で撮影した国は、エチオピア、バリ、フィリピン、モンゴル、チベット、タスマニア、ネパール、韓国と多数におよぶ。また「チョモランマがそこにある」はNTV三五周年記念特別番組として製作され、国際的に数多くの賞を受賞した。
北村氏と佐川氏との関係は、一九六〇年代にさかのぼる。北村氏は六六年に「神屋原の馬《カベールのうま》」という記録映画を製作するが、そのときのカメラマンが佐川氏だった。沖縄の久高島《くだかじま》に一ヵ月ほど滞在し、一二年に一度しか開かれないイザイホーという神事を収録した。

佐川氏とは年齢が近く、仕事場で会うたびにいつか一緒に映画を作ろうという話をしていた。当時は、とにかく金がなかったという。高田馬場に住んでいたのだが、新宿で会うのに電車賃を浮かすために歩いていったものだ。

仕事が実現したのが「神屋原の馬」で、フィクション部分を挿入して一九六九年に完成させた。映像を通じて人類の文化や社会、民俗を表現する、映像民俗学という手法を北村氏がはじめて実現させた作品だった。

その後佐川氏は映画から遠ざかり、母親を助けて町田市内でアクセサリー屋を開いた。当初は苦労したようだが、世のなか全体がバブルに浮かれていた時代だ。うまくやっているようだという噂が北村氏の耳に入るようになっていた。

しばらく遠ざかっていた佐川氏が、「会わせたい人がいる」と連れてきたのが父だった。

父はパン屋で稼いでいると紹介され、羽振りよく見えたという。資金を出すので、北村氏を監督に一緒に映画を作ろうという流れができつつあった。

「町田さんがよく話していたのが、映画を作って昔の仲間を見返してやりたいということでした」

「岩波映画時代の人たちですね」

「具体的な話はしていませんでしたけど、自分のキャリアが不本意な形で終わったことを嘆いていたように見えましたね」

「どんな作品をやろうとしていたんですか？」

「それが不思議で、何度か会ってみたものの、何を作りたいのかが出てこないんです」

「北村さんからアイデアを出されたのかと思っていました」

「いや、私は演出家として雇われただけです。金を出すから映画を撮って欲しいなんていう依頼はほとんどないので、珍しいパターンだったんです」

「父のほうから具体的な話は？」

「結局、アイデアが出る前に変な方向に話が行っちゃったんです」

「というと？」

「佐川さんが、自分にカメラをやらせて欲しいといい出したんです。昔はカメラマンとしてそれなりに活躍したことは、私もわかっていたつもりです。でも何十年もカメラから離れていて、いきなり撮影できるほどこの世界は甘くない。どうすれば人の心をつかむ映像が撮れるかをいつも考えている自分たちを、バカにしているようにしか思えなかったんです」

この頃から、北村氏は企画から距離を置きはじめたという。

鮮明に憶えているのが、三人で喫茶店で話していたときのことだ。家族からの電話で呼び出された佐川氏が、真っ青になって戻ってきた。家を差し押さえられたという話で、佐川氏は「すぐに帰る」

と飛び出したという。

それ以来、北村氏は佐川氏に会っていない。映画の話も、このときの騒動で立ち消えになってしまった。結局父に会ったのは、埼玉県O市の自宅を訪問したときもあわせて三、四回だったという。

当時の北村氏は、仕事の幅を大きく広げようとする時期にあった。八〇年代はおもに、テレビの仕事で成果をあげることができた。九〇年代前半は経済的に余裕ができてきた頃で、自分のやりたいことをやろうという気持ちになりつつあった。

自主映画の製作はとくに関心があり、佐川氏や父にやる気があればやってみたかったという。

記録映画を作るには、莫大な時間と金がかかる。上映とフィルムの貸出しで回収するのが一般的で、経済的に元を取るのに五年はかかる。

製作は多くても二、三年に一本あるかどうかなので、持ち込みの企画はありがたい。社内には、どんな映画かわからないのにつき合うことを懸念する声もあった。

一九九三年は忘れられない年になった。NHKの番組制作のために訪れたチベットで、一人の犠牲者を出してしまったのだ。激流をカヌーで渡るシーンを撮影していたときのことだった。探検の発案者であり探検隊の隊長でもあった北村氏が誘った、まだ大学を卒業したばかりの若者だった。

「もう何もやる気がなくなっちゃいましてね」

そのときの気持ちを、北村氏はそう説明する。事故のことは角幡唯介《かくはたゆうすけ》のノンフィクション『空白の五マイル　チベット、世界最大のツアンポー峡谷に挑む』に描かれており、北村氏も実名で登場する。

五一歳のときだ。

その後北村氏は、「見世物小屋～旅の芸人・人間ポンプ一座」という映画を一九九七年に製作する。この作品は、最後の肉体芸パフォーマーと呼ばれた、安田里美氏とその一座の興行を内側から記録したドキュメンタリーだ。それまで映画との距離を置くことになった。

父が民俗学の本を時おり手に取っていたのは、ぼくも記憶に残っていた。日本映像民俗学の会に誘われ、ぼくが代わりに勉強会に参加したこともある。著名な宗教学者に挨拶したというのもこの頃のことだ。

しかし父が本気で民俗映画を作ろうとしていたかは、疑わしいように思えた。もともとこの分野に強い興味があるようには思えなかったし、自分の人生を賭けた作品を撮るのにふさわしい題材とも思えなかった。

「どうしても光量がわからないんだよ」

当時、ぼくが映画製作の話がどうなったかを訊ねると、父はうつむいたことがあった。

「べつに自分で撮影するわけじゃないんでしょ」

「俺もずっと現場から離れてるし、自信ないんだよ」

興味津々で質問を投げるぼくの表情に、目を合わせたくなかったのだろう。珍しく弱気な話し方をする父が意外だった。

男には勝負するときがあるんじゃないのかよ。ぼくは父に思い切り言葉をぶつけてみたかった。今闘わずに、いつ本気を出すんだよ。一生さえないパン屋で終わるのか。

「ものすごい金がかかるしな」

ふと口をついた言葉に、ぼくは何もいえなかった。

もしかしたらそれどころではなかったのかもしれないと思うのは、父方の祖母が一九九四年に死ぬことになるからだ。前の年から時おり、父は千葉の実家とO市を行き来する生活を送っていた。パン屋をやっている以上、毎朝パンを作り、昼には高校へ売りに行かなければならない。見舞いに行く時間は仕事から帰ってきたあとにしかとれず、ぼくも何度か父と一緒に千葉まで行ったことがあった。

父はいつも車で移動していたが、毎日の仕事の疲れから眠気を我慢できず、千葉に向かう途中で仮眠したことがあった。

「五分だけ寝かせてくれ」

そういうと父は、腕を組んで目をつぶった。当時ぼくはまだ自動車免許を持っていなかったので、運転を代わることもできずにただ待つしかなかった。

祖母が死んだのは、九四年六月のことだった。憶えているのは、葬儀を取り仕切る父の姿だ。長男として当然の務めといえるが、三姉妹の家族が勢ぞろいする雰囲気に緊張しているようだった。何日も挨拶を書き直していたことは、大学に入ったばかりでほとんど家にいないぼくでもわかっていた。普段偉そうにしている父に対する、周囲の目が冷ややかに感じられた。

「しまった……」

挨拶の冒頭で言葉に詰まると、父は舌を出してポケットからメモを取り出した。何度も覚えようとしていたが、緊張して頭のなかが真っ白になってしまったらしい。なぜかぼくには、はじめて父親らしい姿が見えたような気がした。

父は一〇月一九日、R病院に転院した。母が朝八時半にメディカルセンターに行くと、すでに着替えて荷物をまとめ、退院の書類、請求書などをもらっていた。手術時にかなり輸血をしたので、感染症を起こしていないか血液検査をしたが、異常はないとのことだった。

八木医師も来て、次回は一一月七日に、チューブの調子を見てもらうことになった。看護師に車椅子を押してもらい、車に乗って出発した。

雨が降っていたため、道が予想以上に混んで四〇分ほどかかってしまったが、父は母の運転する車の助手席でずっと座っていることができた。

母が入院の手続きをした。保証金として三〇万円を払い、看護師や医師から説明を聞く。医師は、緊急事態となった場合の救命措置について何回も念を押していた。

常識的な処置はするが、必要ないと思われる処置はしないという。この病院では、年明けに手術ができるまで、体力をつけるのが父の課題だ。

看護師には、毎日ペットボトルの水を一本父に渡してもらうこと、何ごとも本人の意思を訊いて欲しいこと、認知症にならないようにできるだけ多くコミュニケーションをとってもらいたいこと、体力をつけて欲しいこと、などをお願いした。

父は、四人部屋の三二二号室に入った。メディカルセンターにいたときよりトイレが遠くなるが、何回も行けばリハビリの代わりになる。小便は今まで寝たままましていたが、この日は起きてベッドに腰掛けて自分で採った。ベッドに柵がないのでちょうどよい。母が手足のマッサージも行った。テレビの設置に手間取ったが、職員が親切に点けてくれた。しかし本人は、ここまでの移動で疲れたのかほとんど見ない。やはりこの病院は、刺激が少なすぎることが心配だ。

翌日は、一二時に見舞いに行った。

胃ろうのチューブが外れてしまい、一四時からR病院の先生が直せるか内視鏡で確認してくれるとのことだった。そのため急きょ、鼻から胃カメラを入れる必要があり、麻酔や内視鏡の同意書に母がサインした。

結局メディカルセンターに行くことになったのは、父を長く診てもらっている安心感があるからだった。しかしいったん退院しているので、あらためて紹介状が必要だという。用意してもらうのに時間がかかり、父はイライラしていた。

一六時にメディカルセンターに着くと、外科の外来でしばらく待たされた。その間父は車椅子に乗って待っていた。八木主治医に胃ろうのチューブを入れ替えてもらうと、元気なので自宅での生活が良いのではないかと再度勧められた。

母もR病院の療養生活で、認知症が進行してしまいそうな点を気にしていた。父が家に帰りたいといい出したのも、母の決断に影響したようだ。

すぐに増田相談員に話すと、来週中には自宅に帰れるように手配してくれることになった。夕方家に帰ると、ちょうど要介護認定区分の判定結果が市役所から届いていた。父は、介護なしには日常生活を送ることが不可能とされる「要介護５」だった。

この日の移動で疲れたのか、父は翌日遅くまで眠っていた。水はすでにペットボトル一本分を飲み終え、氷をもらって二本目を飲んでいた。氷の分は水を減らされてしまうので、量が少ないと不満そうだった。

今回の転院にあたって、R病院でも入院時検査を受けた。その結果、脳に少し萎縮が見られるとのことだった。母が何とかして欲しいと訴えたが、さすがにそれはできないという。「もし治せるなら、この病院の患者さんはみんな治ってますよ」と、担当の吉村医師は笑っていた。

看護師による記憶力テストで、父は答えられないことが多かった。

「住所はどちらですか？」

「うーん、わからないな。千葉かな」

「今日は何日ですか？」

「わからない」

「今の季節は何ですか？」

「秋だったかな」

「この病院の名前はわかりますか？」

「……」

考え込むと、なかなか言葉が返ってこない。自分が手術を受けたことすら、憶えていなかった。

一方でぼくが見舞いに行くと、「どうやって来たんだ？　O駅からバスは遠いよな。家から来るなら、タクシーに乗ると近いよ」ときちんと話している。せん妄なのか認知症のはじまりなのか、相変わらず言動だけで判断することはむずかしかった。

胃ろうのチューブが外れたときは、胃ろうより水が飲めなくなったことでパニックになってしまった。チューブは生命線だから絶対に触ったり外したりしないようにというと、「わかってるよ」と答えていたが、ことの重大性が理解できているとは思えなかった。

吉村医師によると、水が飲めなくて苦しがることは人間として重要なことであり、騒ぐ力があるのは生命力がある証拠だという。前向きに考えるしかないのかもしれない。

母には何回も手術はいつかと確認し、今は何月なのかと訊く。年明けまで待つ必要があるというと、つらそうに「長いなあ」といっていた。

一〇月二二日の衆議院選挙は大型台風の上陸と重なってしまい、病院は面会の人も少なく、駐車場はガラガラだった。母が行くと、「来てくれたのか」と安心した様子だった。

水はトイレで隠れてペットボトルに汲んだものに、もらった氷を入れて冷やして飲んでいた。そのせいか胃ろうの廃棄液の色が真っ黒だった。

翌朝、メディカルセンターの増田相談員から電話があった。R病院に、退院して自宅療養に切り替えたい意向を伝えてくれたという。

母がR病院に行ったのは、一一時過ぎだった。病室に入る前に、母からも看護師長に退院したい旨は伝えていた。すぐに退院に向けて看護師長、相談員、母の三人で話し合いが持たれた。

師長は腸ろうの患者の退院例も知っており、メディカルセンターの主治医が退院を勧めるなら問題ないという。本人が自力で歩けて、トイレにも一人で行っているなら大丈夫だという言葉が退院を後押ししてくれた。

自宅療養になった場合の腸ろう、胃ろうの処置について文書にまとめるので、二日ほど時間が欲しいといわれた。栄養剤の交換の仕方も教えてくれるという。介護用品のカタログももらった。

話し合いのあとで病室に行くと、父は「家に帰りたい」と何度も頼んでいた。そのことばかり考えているようで、母が、あと少し頑張れば帰れるというと、安心していた。

父はリハビリのマッサージをしたり、トイレに行ったりもしたが、やはり眠っている時間が長くなった。この頃はテレビも見なくなっていた。

O市の自宅では、入院するまで暮らしていたプレハブ小屋で寝たいという。トイレも風呂もあるので、気に入っているようだ。母が一五時に帰るというと、「なるべく早く家に帰れるようにお願いします」と繰り返していた。

翌日は訪問看護ステーションの担当者が、一〇時過ぎに実家に来た。父の病状経過と自宅介護に必要な準備、ベッドの設置場所などについて相談に乗ってもらった。

遅れてケアマネジャーも来た。介護についてのアドバイスを聞き、ベッドを搬入する日程を決めた。翌日の一〇時にはベッドの置き場所などの確認に業者が来て、翌々日に搬入することになった。

母が一二時過ぎに病院に行くと、ナースステーションで再度、看護師長や相談員と話をした。師長は、退院後のために自宅看護のポイントを話してくれた。

腸ろうは一日に五回、その都度または一日一回チューブを洗う必要がある。手動で栄養剤を流し込む場合の調整方法、胃ろうの廃棄袋の洗い方などを一時間くらいかけて教えてくれた。

二七日に退院したいことを、担当の吉村医師に話した。主治医が強く自宅療養を勧めていることや母も父の様子を見て自宅療養を決心したことを話すと、先生は快く許可してくれた。

退院は、二七日の朝一〇時と決まった。R病院は、八日間のみの入院となった。

父に話すと、とても喜んでいた。ただ少し元気がないようだ。指おり数えて何度も、「金曜日だね。今日は何曜日？」と確認している。退院後のために、母は翌日と翌々日、腸ろう、胃ろうのやり方を教えてもらうことになった。

腸ろうの栄養剤は薬として処方してもらうことになり、退院するときに次の外来受診までの分を持って帰ることになった。かなりの量と重さだ。腸ろうの処置に使用する器具も、病院側が当面こまらないようにと用意してくれた。

母が病室に着くと、父はこの日が退院だと思い込んで、寝巻を脱ぎ自分の服に着替えてバッグまで準備していた。

「遅いじゃないか」

母を見ると、父が文句をいった。

「退院は明後日の金曜日だよ」

「明日か？」

不思議そうな顔をする父に、看護師長が代わって説明した。

「明後日よ、あしたのあした。あと二回寝てからだからね」

師長の話し方は、まるで子ども相手のようだ。

「家に早く帰りたいなあ」

「楽しみにしてたからね」

「家は違うよ。帰ったら、グラスに氷を入れて水を飲みたいなあ。夢にまで見たよ」

父はベッドに座ると、プレハブでの生活を思い描くような表情をした。自宅に戻ることを、本当に楽しみにしている。

母は退院後の準備があるので、一五時過ぎに帰った。ベッドを置いて療養するのは和室にするが、空調設備がないので、さっそく電気ストーブを用意したという。

父はこの日も、自分のポロシャツを着て寝ていた。もう退院する気満々で、トイレへも一人で何度も行っていた。母は帰る際にはく予定の、ジャージのズボンを持ってくるよう頼まれていた。

翌日は朝九時に母が病院に行き、一〇時には退院することになっている。ベッドが家に届いたのは、退院前日の一五時だった。

第四章
もう一つの家族

父が住んでいたプレハブの部屋にメモ帳を見つけたのは、メディカルセンターに入院してしばらくしてのことだった。病院に持っていく荷物を整理していると、缶のケースが目に止まった。

メモ帳はそれぞれ、二〇〇五年、二〇一〇年から一一年、二〇一四年のものだった。日々の簡単な記録や知人の連絡先、さまざまな会員番号やパスワードなどが記されており、その頃の生活をつかむことができる。

二〇〇五年はぼくが結婚した年だ。九月二三日に結婚式を挙げたのだが、式の翌週にぼくが盲腸で入院し、横浜の病院に見舞いに行ったことが記録されている。会社で部署が替わった直後にあたり、仕事が忙しかったうえに式の準備でストレスがたまっていた。

この頃の記述で目を引くのが、母と別居後の生活設計についてだ。二〇〇三年に父はパン屋を閉め、株式の売買をするだけの生活に移っていた。六四歳のときのことだった。

新しい生活をはじめるにあたって、頼れるのは金しかなかったのだろう。何にどれだけの金を使ったかという記述が多い。

この頃からパンの製造工場を改造し、プレハブ小屋に一人で暮らしはじめていた。パンを作る機械はすべて母の勤める学校の関係者に譲り、風呂やトイレを増設していた。

二〇〇七年に、二人は正式に離婚。翌年には父が完全に家を出て、群馬県に一人暮らしをするようになる。手帳には、財産分割の申し合わせが記されていた。

二〇一〇年から一一年は群馬県で一人暮らしをしていた時期で、保有する株式についての記述が多い。例えば一月のある日は、日経新聞で半導体各社の業績回復が報道され、大手各社の株価の動きが記されている。

父の関心は前四半期に過去最高の営業利益を更新したいくつかの企業にあったようだが、材料出尽くし感からか翌日の株価は下落している。

翌日には「買い中止」と書かれ、午後三時には歯科に行って抜歯をしている。その後数日間にわたって歯科に通っていることからすると、マーケットどころではなかったのかもしれない。

さらに数日後には、「A君と久しぶりに飲みに行く」という記述が見られる。食事の内容などが書かれ、独身生活を楽しんでいるようにも思える。

二〇一一年の震災は、父の生活にも大きな影響をおよぼしたようだ。株価が低迷したため、マーケットに関する記述は簡素だ。この頃、父の生活を心配したのか、母がときどき差し入れをしていたことはぼくも知らされていた。

意外なのは母が父との連絡を絶とうとしないことだった。顔を見るのも嫌なはずなのに、怒鳴られてまで差し入れをするのはただの情だろうか。

父が骨折して入院したのは、この頃のことだ。飲みに行った帰りに、坂道で転倒したという。母に誘われて、ぼくも見舞いに行ったのを憶えている。

病室で、父は珍しく自信がなさそうな表情をしていた。もう酒は飲まないという。退院するとすぐに約束は破られるのだが、自分の身体に老いを意識したのかもしれない。父が七二歳のときのことだった。

見舞いのあと、母と姉と三人で父が住むアパートにも行った。駅から離れた古いアパートの一階だった。父らしく、余計なものは置いていない。テーブルにはパソコンが置かれ、そこからテレビが見えるようになっている。

洋服は数えられる程度が簞笥にしまわれており、洗面所にも最低限の必需品しか置かれていない。冷蔵庫のなかにはほとんど食料がなく、その隣に日本酒や焼酎が大事そうに並べられていた。

二〇一四年は体調に気を遣っていたからか、健康や病院関連の記述が多い。目を引くのが、食事制限についてだ。一日のエネルギー摂取量から、タンパク質、カリウムの摂取量まで最適な量が記されている。

二〇一五年にO市に移った頃の父は、腎臓病を抱えて食事をコントロールしていた。タンパク質を抑えた食事に切り替え、食材は特別にオーダーしていたくらいだ。これが結果的にのちの貧血につながることになるのだが、年齢を重ねるにしたがい健康に気を遣う様子がうかがえる。

三冊のメモ帳を眺めていて一番興味深かったのは、父が活発に動いていた二〇一〇年のものだ。前述のあとには、以下のような内容が続く。

○月△日
株価下落、下の差し歯が痛い。
○月△日
テレビを見て過ごす。
○月△日
O氏より電話あり。
株価下落、購入中止。寒い。雨。
○月△日
米五キロ、かんてん四十グラム、スーパーで買う。
午前八時半　布団を干す。
午後二時　サイクリング出発。
午後四時　帰宅。ほうれん草、鮭二切れ、焼きそばを買う。三十キロ以上走り、疲れた。
午後四時半　焼酎を飲む。NHKで社会人ラグビーを見る。
午後五時半　テレビの報道番組を見る。焼酎を飲み過ぎた。身体の調子は良い。
○月△日
午前十一時半　A氏より電話あり

○月△日
昼頃　　　頼子来る。トマトジュース、水、電子レンジもらう。
○月△日
薬局に薬を五種類取りに行く。
○月△日
谷川君来る。頼子に電話、メール。
○月△日
米国ダウ上昇、ナスダック上昇。
○月△日
ジョギングする。
○月△日
寒い。雨。トモにメール。〔次男智弘のこと〕
○月△日
午前十一時　ジョギング。
午後三時　自転車。
株価上昇、二日間で四百円以上。米国ダウ下落、ナスダック上昇。
○月△日
株価やや下落。

午後三時　　飲む。カニがうまい。寒いのですぐ寝る。

○月△日

雪。スーパーで、てんぷらを四切れ買う。

○月△日

午後一時　　風呂に入る。

○月△日

株価上昇。

○月△日

ジョギング。

○月△日

サイクリング（一時間ほど）

○月△日

株価上昇、米国ダウ上昇、ナスダック下落。

○月△日

ジョギング三十分。

株価上昇。

最近胃の調子が良い。

（後略）

体調の良い日が続いたようだ。毎日株価の動向を確認し、テレビやインターネットを通じて世のなかをモニタリングしている姿が伝わってくる。購入しているのは、国内の大企業だ。事業内容が想像しやすい銘柄が多い。

ジョギングやサイクリングをしていたのは驚きだった。父が運動している姿は、ほとんど見たことがない。思い出すのは埼玉県O市に引っ越してまもなくの頃、弟が地元の少年野球チームに参加した際に、父もコーチとして通っていたことだ。

家には、ユニフォーム姿の弟と一緒に写っている写真が残っている。姉は大学に通い、ぼくは高校生でほとんど家にいない。唯一接するのが弟だったのだろう。

弟が小学生のときの交通事故でやめることになるのだが、この頃の弟の生活への過剰な介入が二人の不仲につながった気がしてならない。メモ帳では弟にメールを出したことが記されていたが、その後の記述がないことから推察すると、返事はなかったのだろう。

食事の記述は少ない。たまにスーパーに総菜を買いに行っているが、酒のつまみ程度だろう。昔の父は、男性にしては自分で料理をするほうだった。

ぼくがまだ子どもの頃、母の帰りが遅い日などは、よく晩ご飯を作ってもらったものだ。憶えているのは、チャーハンやラーメンといった炭水化物だ。チャーハンは、具をふんだんに入れる。味は、「商売ができるレベルだ」と自慢していた。

ラーメンには、必ず大盛りのライスがつく。中学生の頃は、食べ切れなければ殴られたものだ。近所の男の子に比べて食べる量が少ない、おやつの食べすぎだと責められるのがつらかった。

意外だったのが、交友関係だ。父を訪問したという「谷川君」はパン屋をやっていた頃の従業員で、K市で店を開いていた頃から働いていた。

彼には精神障害があり、指示通りに動かないことで父がよく怒鳴っていた。パン屋を閉めてからは、別の勤務先を見つけていた。たまに連絡を取り合っていたのだろう。

O氏やA氏といった記述は、ぼくが仮名にしているのでなく、このように書かれていたものだ。昔からつき合いのある飲み仲間だろう。

気になったのは、このあと父の前妻との子である健太郎さんの名前が登場したことだ。市役所や病院の名前と連絡先が記されている。千葉県内の住所は、ぼくが今まで聞いたことのないものだった。

「いきなり連絡があったみたいなの」

「健太郎さんから?」

「最初は、市役所の人から電話があったっていってたわよ。そのあとで病院に連絡したんじゃないかな」

母は断片的に、このときの状況を聞かされているようだった。健太郎さんが入院したことが背景にあるらしい。独身だったので、連絡先に困ったのだろう。母親である栄子さんとの関係は疎遠になっていたようだ。

「でもお父さんに連絡してくるのもおかしいよね。ずっと会ってなかったんでしょ?」

「そのはずよ。よほどお母さんとの関係がうまくいってなかったのかしらね」

ぼくはその言葉に、再婚したあとの栄子さんに対する健太郎さんの思いを想像した。しかしなぜ、父の連絡先がわかったのだろうか。

「お父さんは会いに行ったの？」

「そうみたいね。いくらかお金をあげたっていってたから。そういえば、そのときに栄子さんにも会ったっていってたわね」

「健太郎さんのことで？」

「詳しくは教えてくれなかったけど、そうなんでしょうね。栄子さんは一人じゃ嫌だったようで、弟さんと一緒だったみたいだけど」

その頃、栄子さんは栃木県に住んでいた。群馬県と栃木県の距離だ。近くもないが、車で行けばそれほど遠くもないだろう。父がたこ焼き屋の店主にお願いして健太郎さんに送金したという百万円が、何らかの手がかりになるように思える。ふたたびもう一つの家族が気になりはじめた。

父がR病院を退院したのは、一〇月二七日のことだった。母が九時に迎えに行くと、看護師が荷物を運んでくれた。退院の費用は三万五四〇〇円。このほかに衣類のリース代がかかる。三〇万円の保証金は返してもらった。

一一月七日に予定される次回診察までの薬と、腸ろう、胃ろうの器具をそれぞれ二セットずつ車に積んで家に帰った。腸ろうは栄養剤を体内に流し込むために、点滴台のようなスタンドとチューブが必要になる。

胃ろうは胃にたまったものを流し出すので、廃棄袋とチューブをスタンドに備え付ける必要がある。胃と腸がふたたびつながるまでは、どこへ行くにも片時もこれを放すわけにはいかない。

ベッドは前日に設置してあったが、父が頭の向きを反対にして欲しいというので、業者が来たときに動かしてもらった。さらに、車椅子にもスタンドをつけて、玄関先にスロープ、トイレには転倒を防ぐため、手すりを縦位置に設置してもらった。

一四時頃、予定通り訪問看護師二人が来ると、腸ろうのチューブの接続具合や血圧、体温、お腹の状態などを診てもらった。

またベッドの高さや胃ろうの廃棄袋の位置を調整してもらい、腸ろうの栄養剤を入れるスピードもアドバイスしてもらった。今後は月曜日、水曜日、金曜日と週三回来て、シャワーやお腹の処置等をしてくれるという。

父は徐々に落ち着いて、久しぶりにテレビを見る気持ちになったようだ。退院してすぐは不安だったのか、チューブは大丈夫かと何度も訊いていたが、ベッドや身の周りに置くものの位置が決まって安心したのだろう。

母は深夜一時半に起きて腸ろうの流れ具合を確認するつもりだったが、時間通りに起きられなかった。

二時を過ぎると、チューブが少し詰まっていた。水を勢いよく入れるとふたたび流れはじめたが、五時半に薬を入れたところで完全に栄養剤が止まってしまい、急いで訪問看護ステーションの夜間対応窓口に電話した。

看護師がすぐに来てくれたが、栄養剤が固まってなかなか水が入っていかない。あきらめてメディカルセンターに連絡したが、夜間は医師がいないので対応できないといわれてしまった。

翌朝九時に外来受診に行くと、土曜日だからかかなりの混み具合だ。診てもらえたのは、一三時半頃だった。

チューブの詰まりは、医師が細い注射器を使って取り除いてくれたのですぐに解決した。しかし待っている時間が長かったため、気分が悪くなった父は長椅子に横になっていた。朝早く来てもらった看護師が、心配して電話をくれた。

この日は腸ろうのチューブの不具合だけで、半日を費やしてしまったことになる。父は自宅に戻ると安心したのか、テレビを見てひとりごとをいっていた。

家では二四時間看護だ。四時間ごとに腸ろうに流し込む栄養剤を取り換えるだけでなく、一日三回薬を注入、胃ろうの廃棄袋の洗浄は二回しなくてはならない。

同居する母の生活は、大きく変わった。昼間はコンビニでのアルバイトがあるが、あまり長い時間父を一人にしておくことはできない。夜中も四時間おきに処置する必要があるので、続けて三時間以上の睡眠はとれない。うっかり寝過ごしてしまうと、チューブが詰まってしまう。

要注意なのはトイレだ。排せつは一人でできるし、今のところおむつは汚していないが、狭い家のなかではスタンドを引きずりながら移動するのがむずかしい。

母がアルバイトに行っている間に腸ろうの栄養剤が一パック流れるように設定したはずが、帰ってみると大量に残っていることがあった。どうやらスタンドを持ってトイレに移動したときに、振動で狂ってしまったようだ。

退院時の契約通り、週に三回、看護師が来て、父をシャワーに入れてくれた。久しぶりの家でのシャワーは、気持ち良かったようだ。傷口も手当てしてもらったが、チューブの接続部分が赤くなっていて痛々しかった。

腸ろうと胃ろうについてもアドバイスしてもらった。

胃ろうは、横向きに寝たままでは、廃棄液がスムーズに流れず気分が悪くなってしまう。仰向けに寝てもらったところ、流れがずいぶん良くなった。腸ろうは栄養剤が少なくなってくると、流れが悪くなるので扱いづらい。早めに補充するのがポイントだ。

父は飲食禁止だが、一日一リットルの水だけは許可されている。水はどうしても冷たいものが飲みたいようで、いつもグラスに氷を入れている。メディカルセンターにあった小さい冷蔵庫がベッドの脇に欲しいというので、近くのスーパーに買いに行くことになった。

ある日、夜中に身体がかゆいといって、母が起こされたことがあった。フルコートクリームを買ってきてくれという。

長年使ってきたステロイド軟こうで、かゆみ止めに効果があるとされている。父は三〇年以上前から使用しており、ぼくも小さい頃背中に塗って欲しいと頼まれたことがあった。

いくつもの薬を試したうえで、一番効果があるのだという。血管が浮き出て赤く腫れあがった皮膚を見るたびに、いったいどのような効果があるのかぼくには理解できなかった。

母も同じことを心配していたようで、医者の許可を得ないことには買いたくないと反対したので、いい合いになってしまった。

父は母に向かって、「看護師を呼んでくれ。お前がいやいや面倒を見ているのがわかる。嫌なら入院する」といい出す始末だ。いよいよわがままが出はじめたのだろうか。

翌日には、注文しておいた小型の冷蔵庫が配送された。ちょうど昼の薬を注入していたところで、父がやけにテキパキと業者に置き場所を指示している。

冷蔵庫から冷えた水をいつでも自分で出して飲むことができるようになり、長年愛用しているフルコートクリームが手に入ると、すっかり気持ちが落ち着いたようだ。かえって水を飲む量が減って、胃ろうの廃棄液も減ったのが不思議だった。

自宅療養をはじめて一番家族の手を煩わせたのが、腸ろうと胃ろうの処置だった。

腸ろうは、栄養剤を流し込むスピードがむずかしい。速すぎるとお腹が張ってしまったり、下痢をすることがある。かといって慎重に時間をかけて流そうとすると、一回の腸ろうで五、六時間もかかってしまう。

増田相談員に連絡すると、二〇〇ミリリットルのパックが二、三袋分入る大きな容器を使用することを勧められた。また、栄養剤を自動的に流す機械を借りられるように手配してくれた。

胃ろうの廃棄袋も汚くなっていたので、新しいものに取り換えてもらった。訪問看護師に訊いたところ、刺激物を胃に入れると、せっかく治った胃潰瘍の傷の薄皮がはがれて出血することがあるという。あまり冷えた水を飲むのは良くないかもしれない。

夕方、父は散歩に行くといって、自分から起きてきた。寒いのでコートを羽織り、スタンドを転がしながら家の前の私道を往復した。退院して以来はじめての運動だ。「歩けないかと思ってたけど、楽に歩けたよ」とうれしそうだった。

八木医師からも、「手術を受けるには体力が必要だから、外を散歩してください」といわれていた。父はこれから毎日、私道を二、三周歩くという。リハビリがようやく本格化してきた。

◇

父の前妻である下田栄子さんの実家に行ってみようと思ったのは、一〇月末、JR宇都宮線に乗っているときだった。

ぼくは都内の自宅からO市の実家に通うのに、新宿経由の赤羽で乗り換えることが多かった。その日の電車は宇都宮行きで、ふと停車駅を確認すると、栄子さんの実家の最寄りの駅名が目に入った。

このまま電車に乗っていけば、栄子さんたちに近づくことができる。そう考えると、遠い存在だった父のもう一つの家族にたどり着けるかどうかは、自分次第のような気がした。

ぼくは今まで、彼らに直接会うことを避けていた。父の人生をたどるうえで、栄子さんと健太郎さんの存在は無視できない。しかし彼らにとっては、父はすでに関係のない他人でしかない。四〇年以上前の過去を掘り返すような行為は、簡単に受け入れられるとは思えなかった。

とくに気になったのは、栄子さんと健太郎さんの関係が良好でないと聞かされていたことだった。

再婚した母親に離反していく子どもという図式は、離婚した家庭において典型的に見られるという。接触の仕方次第では、興味本位で過去をあさる行為と受けとられる可能性があった。

しかし今のタイミングを逃せば、彼らに近づくことのできる機会が当面訪れそうにないのも事実だった。

父はたこ焼き屋を通じて、健太郎さんに少なくない金額を送っていたという。父ともう一つの家族の間に、どんなつながりがあったのだろうか。

たこ焼き屋を通じた二人の関係は、依然として詳細がわからないままだった。母が調べたところでは、店のシャッターに貼り出された案内には、たこ焼き屋の店長が体調不良のため長期休業に入っている旨が書かれていたという。

残された選択肢は、栄子さんの実家に行ってみることくらいだった。父の病気という理由だけが、共通の父親を持つぼくと健太郎さんが近づくことを可能にしてくれるような気がしていた。

栄子さんの実家の住所は、父の昔の戸籍謄本で確認してあった。電話番号もわかっていたが、直接自分の目で家を見ておきたかった。「下田徹」という名義で登録されていたのは二〇一二年のことなので、もしかしたらすでに転居しているかもしれない。

父は昔、栄子さんの父親に大金を借りたままになっているという。もしこの土地が下田さん一家のものでないならば、そこには父が影響していると思えてならなかった。

ぼくは最寄りの駅で降りると、駅前にあるコンビニに入って目的地までの距離を確認した。歩くと五〇分以上はかかるという。駅からタクシーに乗ると、栄子さんの実家に向かった。

一〇分程度走ると、周囲には畑しか見えなくなった。車から降りると、舗装していない農道にバッタが飛び跳ねている。小学生の頃、K市の田舎道を歩いていた頃を思い出した。マップで確認した家にたどり着くと、ちょうどおじいさんが草むしりをしている。

「下田さんのお宅はこちらでしょうか?」

近所づき合いの深い田舎では、一帯が全員知り合いの可能性がある。隠さずに切り出すことにした。

「どこの下田さんかわかるかい?」

「はあ……」

「この辺じゃ、たくさん下田さんがいるからさ」

「下田栄子さんです」

「何歳くらいの人だい?」

「もう七〇を超えてるんじゃないかと思います」

「ああ、だったらあっちだ」

おじいさんは手をあげると、奥の家を差した。

「二階建ての家があるだろ。あそこに奥さんがいるから。今頃は家にいるんじゃないかな」

「ご本人がいらっしゃるんですか?」

「いやいや。弟さんが亡くなってその奥さんがいるから、話を聞いてみるといいよ」

おじいさんは畑を大回りして、下田さんの家の近くまで送ってくれた。ぼくが間違えて隣の家の人に挨拶すると、自転車で追いかけてきて家の前まで連れていってくれるほど親切なおじいさんだった。

「ごめんください」

何度か大声で呼びかけると、七〇歳を過ぎたくらいの女性が不審そうに外を見ている。ぼくはなるべく大きな声で聞こえるように、挨拶をした。

いきなりの訪問客を怪しむ気持ちはわからなくもないが、ぼくにとっても勝負だった。対応を間違えれば、この先話を聞くことがむずかしくなってしまう。栄子さんや健太郎さんに近づけるかどうかがかかっていた。

「こちらは下田さんのお宅でよろしかったですか?」

「そうですが……」

「栄子さんはご在宅ですか?」

「栄子はこちらにはおりませんけど、どなた様ですか?」

女性の警戒する表情に、ぼくは慌てて説明した。

「私は町田と申します。以前栄子さんが結婚していらした町田の長男です。父が体調を崩しておりまして、そのことをお伝えできればと思い、お伺いしました」

「じゃあ、健ちゃんの?」

「はい」

ぼくはうなずくと、腹違いの弟になりますという言葉を飲み込んだ。その必要がないことは、女性の表情を見れば明らかだった。ぼくは父の病気や今までの経緯、挨拶に来た理由を話した。

「事情はわかりましたけど、私から変なことをいうわけにはいきませんからね」

ぼくの話を聞くと、女性は悩ましそうな顔をして携帯電話を手に取った。栄子さんに掛けようとしているのだろうか。

家に入っていく女性に、ぼくは自分がここに来た趣旨を、もう少しきちんと説明したかった。決して何かして欲しいわけではない。ただ父が最期を迎える前に、人生をたどってみたいだけなのだと。そんな思いを伝える余裕もなかった。

「話すことは何もないみたいですね」

しばらくすると、女性がふたたび顔を出した。ぼくは唐突な幕切れに、何もいえなかった。

「そうですか……」

「もう何十年も前の話ですからね。今さらどうこういわれてもね」

「何かして欲しいわけじゃないいんです。父の気持ちは、もうどうにも確認しようがありません。ぼくが気になったのは、栄子さんや健太郎さんの気持ちなんです。これが最後だとわかってたら、やっぱりそのことを伝えるべきなんじゃないかと思って、それだけがいいたかったんです」

「なかに入りますか?」

ぼくの顔に、落胆の色が出ていたからかもしれない。話だけでも聞こうと思ってもらえたのがわかった。

家には誰もいないようだった。玄関を入ってすぐ右手にある客間には、ソファやテレビが置かれていた。カレンダーの下には記念写真が飾られていた。生活の痕跡がないこともなかった。しかしそれは、にぎやかだった頃からもう長い時間が経過していることがわかる類《たぐい》のものだった。

ぼくは正座すると、ここに来るにいたった経緯を話した。父が倒れ、もう一つの家族の存在を知らされたこと。父の人生をたどるなかで、どうしても栄子さんと健太郎さんの存在を避けて通れないこと。

本当の父の姿をさがすことが、ぼく自身のルーツをたどる旅でもあった。

「実は、私もずっと気になってたんです」

女性がはじめて、自分の気持ちを話してくれた。

「健ちゃんは、私にとっても子どものような存在でしたからね」

「一緒に住んでいらっしゃったんですか？」

「そうです。まさにこの家で、家族のように暮らしてましたよ」

過去を思い出すように、表情を崩したのがわかった。

女性は栄子さんの義理の妹で、下田伸江さんといった。昭和二〇年生まれで、都内から弟の徹さんのもとへ嫁いできた。今でこそ近所に家がいくつか建ったが、昔は畑しかなく、はじめてこの地に来たときにはあまりにも田舎で驚いたという。

伸江さんが二三歳で結婚してこの家に来たとき、下田家は両親、栄子さん、健太郎さん、徹さん、伸江さんの六人暮らしだった。すでに健太郎さんは二歳になり、栄子さんは働きに出ていたという。

伸江さんが二六歳のときに双子の男の子が生まれ、八人家族のにぎやかな家になる。伸江さんが三人の子どもを育てているような感覚だった。

健太郎さんが引っ越してきたとき、伸江さん夫婦や祖父母は、一家ではじめての子どもがかわいくて仕方なかったという。しかし健太郎さんが成長するにつれ、父親がいないことに不満を募らせるようになる。

父と会う話が出たとき、健太郎さんは会いたがったが栄子さんの反対で実現しなかった。栄子さんにとっては、消し去りたい昔の記憶にすぎないのだろう。事情を理解する年頃になった健太郎さんは、栄子さんを苦しめたくないと我慢するようになっていた。

栄子さんは背がすらっと高く、結婚前は都内で理容師をしていた。おそらくそこで父と出会ったのだろう。神経質な性格で、気が強い女性だったという。

健太郎さんを伸江さんに預けて働いていたが、昭和五一年(一九七六年)、栄子さんが三四歳のときに再婚して家を出る。健太郎さんが小学五年生のときだ。横浜に引っ越し、その後再婚相手との間に男の子が生まれた。

新しい家庭では、平穏な生活が待っていたようだ。健太郎さんは父親という存在とはじめて接し、兄弟もできた。しかし家族が増えていく一方で、疎外感は消えなかった。今まで見たことのない母親の幸せな表情を見るたびに、母を取られたという思いが強くなっていく。

高校を卒業してすぐに横浜の家を出ると、以来栄子さんとほとんど連絡を取らなくなったという。健太郎さんも、自分の家族をさがしていた。

健太郎さんが生きる道として選んだのは、ホストクラブだった。

一九八〇年代半ば。日本中が、バブルへの坂道を駆けあがろうとしていた頃だ。厳しい世界だが、二十歳前後の若者にとって、数字を残せば認められるという環境が楽しくて仕方なかった面もあるだろう。次第に仕事が軌道に乗りはじめると、生活態度や金遣いが荒くなった。

健太郎さんが独立して歌舞伎町で店を開くと聞いたとき、仲江さんは夫と二人で反対した。たしかに話がうまく営業が得意なのだろうが、人をバカにするような態度をとることがある。そんな言動を何度も注意していた。

仲江さんは、夫と二人で歌舞伎町に行ったこともある。遠くから場所を確認しただけだったが、夫は店まで行って話をした。健太郎さんに対して自分たちの子どもという意識があったからこそ、そこまでしたのだろう。しかし激しくいい合ってしまい、以来連絡を取りづらくなった。

「ずっとあとですよ、あの子が事故にあったのは」

「交通事故ですか？」

「背景はよく知らないんですけど、頭を強く打ったらしくて、病院に通うようになったんです。しばらくリハビリをしていたみたいです」

「ご家族は？」

「一度結婚したんだけど、すぐに別れちゃって」

「ではお子さんも？」

仲江さんは首を振った。

頭を打つケガは、少なからず仕事にも影響したのだろう。しかも支えてくれる家族もいなかった。親の愛情を渇望しながら成長した人間にこそ、家族を持つことが重要だということが、ぼくは身にしみてわかっていた。

「でも良かったのは、一緒に仕事をしていたかたが親切らしくて、何かと世話をしてくれてるみたいなんです。経済的にも、支援してくれるかたがいるみたいで」

伸江さんの話に、ぼくはふと息を吐き出した。

「まだ元気な頃にね、たまに健ちゃんがふらっと家に来たことがあったんです。一度彼女を連れてきたこともありましてね、こいつと結婚するからって。じゃあ乾杯しようって、その日はお祝いしたんですけど、この家でみんなで暮らしてたときが一番楽しかったって話していたのを聞いて、やっぱり新しい家族のいる横浜の家は居づらかったんだろうなって思ったんです」

「ここは小さい頃にずっと過ごされた家ですからね」

「そうですね」

昔を懐かしむように笑う伸江さんが、幸せそうな表情を見せた。五年前に夫を亡くした彼女にとっても、八人の大所帯で暮らした生活がいとおしく思えたのかもしれない。その家に、今は一人で暮らしていた。

「いつだったか、健ちゃんが電話してきたことがありましてね、お父さんに会うかもしれないっていうんですよ。会っていいのかなって」

「そうなんですか?」

「私も栄子さんからは、健ちゃんとあまりつき合わないようにっていわれてるけど、電話が来るのを無視するわけにはいかないでしょ。ちょっとしたアドバイスはしてたんですよ」

「何ていわれたんですか？」

「きちんと憶えてないけど、一度会えば向こうと関係もできるだろうから、しっかり考えたほうがいいよっていうようなことをいったような気がします」

そのときに健太郎さんが父に会ったかどうかは、聞けずじまいだったという。

仲江さんは階段を上がっていくと、古い写真を二枚持ってきた。いずれも四〇年も前のものだった。

「うちの子が四歳くらいだから、健ちゃんは九歳の頃かな。家を出る少し前の写真ですね」

「場所は、この家ですか？」

「そうですね。まだ改築する前だったかな」

栄子さんは当時三〇代半ばだが、田舎では目立つほどおしゃれだったことがわかる。髪の毛にはパーマをかけ、当時の流行らしい細身のスタイルをしている。

双子の男の子の隣に立っているのが、健太郎さんだった。ややふてくされた表情をしているように見えるのは、考えすぎだろうか。いずれの写真でも栄子さんから離れて立っているところが、二人の微妙な関係を示しているように思えた。

「会いたいんですか？」

「そうですね……」

仲江さんの問いに、ぼくはあいまいにうなずいた。いきなり出てきた父のもう一つの家族に、関心がないわけがない。ただ自分でも、会ってから先の展開が予想できなかった。

「栄子さんはやめておいたほうがいいと思います。彼女のなかで町田さんとの関係はもう終わったことですし、思い出したくないっていう気持ちが強いです。そっとしておいてあげてください」

「わかりました」

「健ちゃんは、むずかしいですね……」

伸江さんは考え込むと、写真を手にした。

「私にも腹違いの妹がいて、会いたくなる気持ちはわかるんです。昔はどの家も貧しくて、いろんな経緯がありましたからね。でも一度会えば、それっきりというわけにはいかなくなります。何かあれば頼りたくなるし、今までのことを責められるかもしれません。これはあなたが決めることですけど、お互い別の道を進んでいると考えたほうがいいんじゃないですかね」

ぼくは何もいえなかった。

「私もすごく気になるんですよ。実の親みたいなもんですからね。でも、何もいうことはできません。この家に一人で住んでいると、残された人生を頑張るのが私の役割なんだって思うときがあります。健ちゃんも頑張ってるんですから。ずっと昔、一緒に暮らしたときの記憶を大事にしながら、待ち続けるしか私にはできないんです。家族だっていつか、別の人生を歩んでいくしかないんですから」

ぼくはお礼をいうと、荷物をまとめて立ちあがった。

「もし荷物にならなかったら、柿を持ってってください」

「柿ですか」

ぼくの反応が喜んでいるように見えたのだろう。玄関を出ると、伸江さんは車のドアを開けた。

「次郎柿でね、うちでとれたんです」

「こんなにたくさん。子どもたちが喜びます」

「ズッキーニもあるんですよ」

「こんなに大きいんですか？」

ぼくはずしりと重いズッキーニを手に取った。

「うちの畑で作ってるんですよ。ちょっと熟れすぎかもしれないですけど、農薬は使ってませんから食べてください。ちょっと待っててくださいね」

伸江さんは家に戻ると、紙袋とズッキーニを何本か持ってきた。きれいな柿をとりわけて、袋に入れてくれた。

「今日はわざわざ東京から来ていただいて、本当に良かったです。私も町田さんのことがずっと気になって、胸につっかえていたんです」

天気が良かったので、大通りまで畑のなかを歩いてみたかった。伸江さんの言葉を思い出しながら、ぼくは何度も下田さんの家を振り返った。


ぼくは電車に乗ると、Ｏ市の実家に向かった。

その日は訪問看護師が来ていたが、父の気分が乗らないらしく、風呂に入りたくないという。風呂は好きなはずだが、シャワーだけだと逆に寒くて面倒なのかもしれない。

傷口の手当てをしてもらったときに、「早くやってよ」といっていたが、文句はその程度だった。

表情は落ち着いており、苦しそうな様子もない。

母と二人で話していると、父が「散歩に行くぞ」といって、寝巻の上にズボンをはきはじめた。靴下なしに靴を履くと、栄養剤や廃棄袋がぶら下がったスタンドを片手に、玄関まですたすたと歩いてしまう。母が看護師の相手をしていたので、ぼくが散歩につき合うことになった。

外の空気は寒いが、風がないので少し汗をかくくらいが気持ち良い。散歩といっても、家の前から大通りまでの間を往復するだけだ。

父は入院する前より速いのではないかと思われるほどのスピードで、あっという間に二往復してしまった。途中で看護師が帰り支度を終えて出てくると、軽く挨拶した。

ベッドに戻ると、赤ちゃんを抱いた姉が顔を出した。まだ生後五ヵ月だが、すでに首もすわっている。寝返りをする前で、今が一番落ち着いている時期なのかもしれない。

父はにぎやかになった家の様子に、ご満悦だった。何度も「隣のレストランでご飯でも食べていけよ」と誘ってくれる。ぼくは父の表情を見ながら、伸江さんの顔を思い浮かべていた。

健太郎さんには、経済的に支援してくれる人がいるという。それがもし父だったらと考えはじめていた。

父は入院していたときから、送金にこだわっていた。せん妄状態のなかで、かすかに昔の記憶を手繰り寄せようとしていたのだろうか。お金を送るという行為を通じて、父親としての存在を務めようとしていたのかもしれない。

八木医師から課せられた飲みものの制約が緩くなったのは、一一月半ばのことだった。今までは水のみ一日一リットルまでといわれていたが、この日から固形物でなければ何でも飲んでよいという。口から入っても胃ろうのチューブから廃棄するだけなので、腸の具合に影響はないのだろう。

そのうえで八木医師から強くいわれたのは、運動して体力をつけないと手術はうまくいかないということだった。外来に来たときも、車椅子でなく歩いて欲しいという。さっそく診察の帰りは、駐車場まで歩いた。

この日は暖かくて、散歩にちょうど良い天気だった。一四時頃、父が自分から散歩に行こうと起きてきた。家の私道を三周くらい歩くのが日課になっていたが、天気が良いので買いものに行ってみようと母が誘うと、「水を買いたいね」といって近所のコンビニまで往復した。

店ではゆっくり買いものをすることもなく、母に任せて父はすぐに帰った。疲れたといっていたが、良いリハビリになった。

栄養剤の流れ具合を母が見に行くと、「ちゃんと流れているから大丈夫だ」、「止まってたから直したよ」などと教えてくれるようになった。

また、今まで小便はベッドに腰掛けて尿器で取って母が始末していたが、これからは毎回トイレに行くという。少しでも体力がつくように気を遣っている。

次の定期診断では、八木医師から新たな課題が出た。家でテレビを見るときも、椅子に腰掛けるなど、一日の睡眠時間以外の七〇パーセント程度は起きているようにして欲しいという。

普段の生活をどんどん改善していく必要があった。さっそく家に帰ると部屋の模様替えをして、普段は車椅子でテレビを見られるようにした。

下痢は栄養剤の入れ方が速すぎることに原因があるので、ゆっくり流すようにした。その結果、一日に二〇〇〇ミリリットルの栄養剤を入れるのはむずかしくなった。下痢をしてしまえばせっかくの栄養が吸収されないので、仕方ないだろう。

天気の良い日は、近所に買いものがてら散歩に行くのが父の日課になった。こんなときに、飲みたいペットボトルの清涼飲料水をまとめ買いする。父が好むのは、紅茶やカルピスといった甘い飲みものだ。

身体を動かすことが多くなると、お腹が痛いということが増えた。見てみると、お腹のガーゼに血が滲んでいる。胃ろうのチューブが少し出てきてしまっている。

水分をとる量が多いため、その結果廃棄液が重くなり、お腹に負担をかけているようだ。一日の廃棄量が四リットルになることもあった。

八木医師からは、水は常識的な量である一日一リットルくらいに抑えて欲しいといわれた。しかし五〇〇ミリリットルのペットボトル四本くらいは、いつの間にか飲んでしまう。食事をとれない父には、飲むことだけが楽しみだった。

飲むという楽しみがなくなると、身体を動かす気力がなくなるのがむずかしいところだった。日中は起きているようにいわれたが、散歩とトイレに行く以外は寝てしまうことが多くなった。

テレビはサスペンスドラマを見ることができるまで集中力が回復したが、起きていなければ体力はつかない。

腸ろうのほうは、増田相談員が栄養剤を流し込むポンプのついた機械を手配してくれてから劇的に楽になった。今までの苦労が嘘のようだ。

ただし手作業の部分は、単純なミスがなくならない。朝起きると腸ろうの栄養剤がチューブにつながっておらず、畳に一〇〇〇ミリリットルほど流れ出ていたことがあった。

夕方の薬を一九時に入れたあと、栄養剤を八〇〇ミリリットル追加してポンプをリセットしたが、チューブにつなぐのを忘れていたようだ。

通院の日は、待ち時間に病院のカフェに寄るのが楽しみになった。オレンジジュースやアイスコーヒーくらいだが、外で飲食できるのがうれしいのだろう。

父は待っている時間に、母と手術後のことを話し合った。父の希望は、退院して看護師の訪問がなくなったら、工場のあったプレハブに戻りたいとのことだった。自分の城で、おかゆを作って食べたいという。誰にも迷惑をかけずに生活することへの欲求が強いのだろう。

この日は胃ろうと腸ろうのチューブを取り換える予定だったが、気分が悪くなり、翌週行うことになった。

オレンジジュースを飲んでも廃棄液が流れず、気持ちが悪くて何度も吐いてしまった。胃ろうのチューブが詰まったかと心配したが、帰宅してすぐに洗浄すると、ようやく廃棄液が出てきた。

翌日からは、朝起きるとすぐに胃ろうの廃棄袋を洗浄するようになった。

一月中に手術を行う方針が主治医から説明されたのは、一二月に入ってからだった。数日前から、この日の診察のことを、「今度は三時に行くんだよな。今度は血液検査はないよな」と何回も確認していた。

異常がわかったのは、診察翌日のことだった。前日は散歩に行けなかったので、早い時間に外出の準備をした。途中で駅前のスーパーマーケットに寄り、イートインコーナーでお茶を飲むのがいつものコースだ。

暖かくて散歩には快適だったが、お腹が痛いようで手で押さえながら歩いていた。風邪をひいたらしく、鼻水も出ている。帰ってから横になって水分補給をしたが、飲んだものを吐いてしまった。

メディカルセンターで診てもらうと、血液検査で白血球がかなり多いことがわかった。CTスキャンを撮ると肺に炎症が確認され、そのまま入院することになった。肺炎だがまだそれほど悪くないので、抗生物質の投与により一週間程度で治るのではないかという。

肺炎の原因は胃ろうのようだ。父が飲んだ水分は廃棄液として体外へ出したはずだったが、チューブがねじれてうまく流れずに肺を圧迫してしまったらしい。八木医師は「寒い時期のことだし、高齢でもあるから仕方がない」といっていたが、母は自分を責めずにいられないようだった。

空いている病室がなかったからか、父は個室である四〇三号室に案内された。室内にトイレやシャワーが完備されており、ソファやテーブルもあってホテルにいるようだ。しばらく父は眠っていたが、母が来ると目を覚ました。

顔色は非常に良い。やはり病院は管理が行き届いているからだろうか。午前中の身体拭きは断ったというが、一人でトイレに行くなど、体調は悪くないようだった。

ぼくが帰るのを見送った母が病棟に戻ると、ベッドが空いたようで、すでに父は四人部屋に移動していた。今度は窓側のベッドだ。抗生物質と水分の点滴、腸ろう、胃ろうと、チューブが三本つながっている。

水分は一日五〇〇ミリリットルに決められた。飲みすぎて胃にたくさん水分がたまると、肺に負担がかかってしまう。

今回の入院では、水分の摂取量を厳重に管理するとのことだ。そのため、母がペットボトルを持ち込むのではなく、看護師が夜の一二時に一日分の水をペットボトルに入れて冷蔵庫にしまってくれることになった。

それだけ周囲が心配してくれているのに、父は自覚がなく、「水をもっと冷蔵庫に入れてくれ」、「水がダメなら温かいお茶を買ってきてくれ」と何度もいう。

先生に相談してからといっても聞かないので、母が温かいお茶を用意すると、すぐに戻してしまった。また水がトラブルの種になりつつあった。

ちょうどクリスマスの時期だったので、母はコンビニの仕事が忙しく、朝のうちしか病院に行けなかった。父はそのことで不満をいうわけでもなく、前回の入院に比べて精神的に落ち着いているようだ。

気になるのはせん妄だ。放っておくと、認知症が進んでしまいそうな気がする。夜中に吐いてシーツが濡れてしまったと、父がこぼしたことがあった。しかし看護師に訊くと、そんな事実はないという。現実と妄想の境界が、ふたたびあいまいになりつつあった。

水に対する執着は変わらない。父はどうしても冷たい水が飲みたいので、家から氷をポットに入れて持ってきて欲しいという。パニックになりそうな雰囲気だったので、仕方なく母がポットに氷を入れて持っていった。

一日に飲むことのできる水の量は決められている。氷を入れた分は減らさないといけないというと、意外にも「わかってるよ」という。コップに持参の氷と水を入れて美味しそうに飲み、残りは冷蔵庫に大事にしまっていた。

退院したら、氷を入れて甘い紅茶を思い切り飲みたいという。「大きいサイズのペットボトルを買うんだ」といっているのが子どものようだ。手術が遅れてもいいから退院したいという。

入院が長引くことの副作用が気になっていただけに、翌日には退院できると聞かされたときには、母はほっとしていた。

退院時の父の態度は、前回とすっかり変わった。関係者に挨拶して、待たされても文句をいわず、病室から駐車場まで歩いた。病院の職員も、別人のようだと驚いていた。顔色もよく、ふっくらしたように思えた。

帰りの車では自分で道を指示し、家に着くと近所を見て歩くなど、以前の生活に戻ったようだ。家ではさっそく紅茶を飲んで、好きなテレビ番組を見ている。正月は、O市の自宅で過ごすことができそうだった。

◇

ぼくは会社が忙しくて、しばらく実家に帰れない日々が続いた。一一月から一二月にかけて、ふたたびマーケットが動きはじめていた。

米国では一二月のFOMC（連邦公開市場委員会）で利上げが決定され、金利上昇に対する懸念が高まりつつあった。

国内の金利情勢がすぐに変化する可能性は高くないものの、資金調達を計画していた企業からすると、早めに資金を確保することに越したことはない。民間企業の資金調達件数は、過去最高に達していた。

忙しいなかでも頭から離れないのが、健太郎さんの存在だった。どんな生活をしているのか。仲江さんは会わないほうがいいというが、自分の目で確認しない限り、家族をめぐるぼくの旅は終わらない気がしていた。

実はこの数週間、健太郎さんが開いたというホストクラブをさがしていた。まだ父の手帳に、健太郎さんの連絡先を見つける前の話だ。歌舞伎町でホストクラブを開業していたというだけの情報から足取りをたどれないか、四苦八苦していた。

思いついたのが、区の食品営業許可だった。新宿区内で飲食店を営業するために必要となるもので、下田健太郎という責任者の名前と営業期間だけで、店の名前と所在地を調べることができる。ぼくはさっそく、新宿区の生活営業課の情報公開担当に、申請の手続きをとった。

二週間ほどで、情報公開通知書が送られてきた。食品営業許可台帳には区の管理番号と許可番号が書かれ、営業者としての健太郎さんと、営業所として「エレガント」という店の名前と所在地、電話番号が記されていた。

許可経歴には二〇〇〇年に新規申請があり、〇六年の更新を経て一三年までの許可期限と、同時に廃業届が出されたことが記されている。飲食店の営業で一三年間は、比較的長い部類に属するのではないだろうか。

ぼくが意外に思ったのは、その住所だった。歌舞伎町の中心に近い交差点に面したビルは、ぼくも社会人になって行ったことがあった。たしか会社の同期との飲み会で使った店で、鍋を食べた記憶がある。「エレガント」は、そのビルの地下で営業していた。

一九九八年に大学を卒業したぼくにとって、若い頃の十数年間は一番つき合いで飲むことが多い時期だった。頻繁に通った街ではないが、どこかですれ違っていた可能性があると考えると、急に身近に思えるのが不思議だった。

ぼくは数日後に、歌舞伎町のビルに向かった。この数年間で何度か建物の所有者が替わったからか、先日確認した食品営業許可台帳とは異なるビル名になっている。地下一階には洋服店が入居しており、店員に訊くと、一年前にオープンしたばかりで昔のことはわからないとのことだった。

七階建てのビルで、最上階に管理人のオフィスがあるという張り紙があったが、実際に行ってみると誰も出ない。ビルを所有している会社は台東区にあるようで、そちらに連絡しても過去のテナントのことはよくわからないの一点張りで、話が通じなかった。

五年前まで営業していた「エレガント」について知るには、すべてのフロアをヒアリングしていくしかないようだった。幸い小さいビルなので、六階までの各階に一店舗しか入居していない。ぼくは下から順に、フロアを確認していった。

二階は会員制のガールズバーで、一九時頃に行くと、店に出てきたばかりの店長が面倒臭そうに対応した。

「このビルの地下に、数年前までホストクラブがあったようなのですが、ご存知ありませんか？」

「さあ、この店をはじめて一二年になるけど、そんな店聞いたことないね」

「五年くらい前にどんな店があったか、記憶にありませんか？」

「たしかバーが何年か営業してたことはあったけど、店員のことは知らないよ」

これから新しく採用するスタッフの面接があるらしく、五分程度で打ち切られてしまった。四階の焼き鳥屋、五階の居酒屋でも同じような会話を繰り返すばかりで、ほとんど材料になるものはない。

唯一情報らしいものが得られたのが、六階のＳＭバーだった。女性スタッフがいうには、このビルに店を開いて二二年になる店長がいるという。この日はたまたま休みだったが、平日は二一時には来ているので、そのときに話を聞いてみればいいと教えてくれた。

ぼくは礼をいうと、翌週の月曜日にあらためてその店に行った。

「そういえば、そんなお店もあったね」

五〇歳に近いであろう店長は、真っ黒に焼けた肌に金髪をなびかせていた。

「どんなかただったか憶えていませんか？」

「お酒がなくなっちゃったときなんかは、お互い水商売してる間柄で協力し合うもんなんだけど、あの店はフロアも離れてるから、何度か形式的なやり取りをしたくらいだったな」

「この辺で一〇年以上続くっていうのは、珍しいんじゃないですか？」

「そうだね。よく頑張ってたと思うけど、同業で仲良くなるっていうことはあんまりないんだよね」

店長はほかに客がいなかったからか、古くからいるスタッフにも訊いてくれたが、憶えている人はいなかった。

「そういえば台風が来たときに、地下が水浸しになっちゃって、ビルの管理人ともめてたことがあったな。相当こじれたみたいだけど、その後どうなったかはわからないよ」

帰り際に、店長が思い出したというエピソードを教えてくれた。数十分の滞在で、何の収穫もなくチャージと飲み代を払う姿を不憫に思ってくれたのだろうか。健太郎さんの足取りを追うのは、それきりになっていた。


健太郎さんが住む千葉県T市に向かう電車に乗ったのは、忙しさが一巡しつつある頃だった。ぼくは伸江さんに見せてもらった、健太郎さんの写真を鮮明に憶えていた。家族から少し距離を置き、ふてくされたような目でカメラを見る表情だ。

話がしたいわけではなかった。同じ父親から生まれてきた兄という存在がどんな人間なのかを、少しでも垣間見ることができればいいと思っていた。

数日前には、母との気まずいやり取りがあった。些細なことだった。メディカルセンターから最寄りの駅に向かう道で、車を運転する母が方向を間違えてしまったのだ。

「もう、何やってるんだよ」

「ごめんね」

「そこに入って、Uターンさせてもらいなよ」

「そんなことできないでしょ」

ぼくがガソリンスタンドを指さすと、母はなかに車を止めた。一度入ったからには、給油しないで出るわけにはいかない。律儀な考えではあるが、つき合うのがバカらしく思えてならなかった。

「もういいよ。何分待たせるんだよ」

ぼくはいい放つと、歩いていくといって車を降りた。

駅に向かう道を歩きながら、ぼくは自分の感情を落ち着かせた。いったい何に苛立っていたのだろうか。

べつに急いでいたわけではない。駅まで歩けばよかったのだが、せっかくだから送っていくという母の誘いを断る気になれなかった。思えばいつもそうだった。母の親切を、どうしても素直に受けることができない。

家庭内で暴力をふるう父と、いつも忙しくて家にいない母。自分の足りない部分は、余裕のない昔の家庭環境に起因していると思っていた。

今になって優しくされると、なぜか冷たく接してしまう。悪意があるわけではないのだが、親切に不慣れでどう対応していいのかわからない気持ちが、反発という行動に出てしまうのだ。

ぼく自身が親の立場になり、子どもを扱うむずかしさを感じはじめていたこともあるかもしれない。五歳と三歳になる二人の子どもは、何度も注意しなければいうことを聞かない年頃になっていた。怒れば、嫌そうな目をしてぼくを見る。

妻からは、怒りすぎないようにと何度もいわれていた。たまにしかいない父親が母親と同じように怒っていると、父親のいうことを聞かなくなる。大事なときに出てきてくれればいいのだと。

妻の指摘が、ぼくにとっては驚きだった。子どもが危険なことをしたとき以外は、黙って見ていろという。約束を守らなかったときや嘘をついたときも、ニコニコしていろというのだろうか。

「パパ、すぐ怒るんだもん」という言葉で思い出したのは、父の顔だった。箸の上げ下ろしひとつで、痣ができるほど殴られた。ぼくのようないい方ではなかったはずだ。しかしあのときの父が、今のぼくと違うとどうしていえるだろう。

映画をあきらめ、不満ばかり抱えながらパン屋をはじめた父にとって、いうことを聞かない子どもが鬱陶しかったのは事実だろう。しかし子どものことが気になって仕方ないという感情も、同じだったはずだ。

表現を志しながら自分の生活に足を取られ、思うようにならない毎日に疲れて子どもを怒ってしまう。まさに父と同じ立場に、ぼくが立たされていた。

誰に頼まれているわけでもない。好きで小説を書いているはずだった。自分の原点となる気持ちを失いたくないという思いを支えに、毎日少しずつ書き続けてきた。そんな生活を維持するために必要なのは、自分の感情を殺すことだった。

何をいわれても気にしない人間になることは、簡単なことだった。会社での立場に不相応なほどに自分の生活を中心に据えるのは、表現を欲求する自分を止められなかったからだ。

悩ましいのは子育てだった。貴重な時間を制約され、自分の感情をコントロールできなくなるときがある。

ふと子どもに手をあげたくなるとき、思い浮かべるのが怒った父の表情だった。ああなってはいけない。そう思う気持ちで、どれだけ自分を律したことかわからない。否定すべき存在として、父はぼくのなかに棲みついていた。

母に対して気まずい思いをしてしまうのも、感情を抑えられない自分の幼稚さに起因していた。ぼくの文句に、母は何もいわなかった。道を間違えた程度で、どうして怒る必要があるのだろう。電車を一本遅らせるかどうかの話だ。

車のドア越しに映る母の表情が、ぼくの感情を見透かしているように思えてならなかった。

都内からT市までは、電車で二時間程度かかった。一二月も半ばになると、駅からの道は寒かった。ぼくは日なたを選んで歩きながら、健太郎さんの住むアパートに向かった。

国道沿いに、やや大きめのビジネスホテルが建っている。ホテルの裏手にあるアパートを見つけるまで、それほど時間はかからなかった。築四〇年近いだろうか。一階と二階に二部屋ずつしかない、小さなアパートだ。

エレベーターもなく、古い階段の手すりが錆びついていた。ぼくは健太郎さんの住所として父のメモ帳に書き込んであった部屋の番号を確認すると、もう一度離れてアパートを見あげた。よく見ると、換気扇と思われる穴から蒸気が出ている。お湯を沸かしているのだろうか。何か料理しているのかもしれない。だとすると部屋にまだいることになる。ぼくはアパートを一周し、ほかの部屋を確認した。

変わっていると思ったのは、どの部屋の前にも自転車やバイクなどの乗りものが置かれていないことだった。駐車場もないようだ。駅まではそれなりに距離がある。自転車を使いたくなる距離だし、使わなくとも一台くらい置いてあるのが普通ではないか。

もしかしたら住民の多くが、お年寄りの単身者なのかもしれない。朝一〇時前ということもあるが、にぎやかな声は聞こえなかった。一階の庭では猫が一匹、じっとこちらを見ていた。

ぼくはいったんアパートから離れ、表通りのビジネスホテルを覗いてみた。昼前ということもあって、一階のレストランはランチの準備で忙しそうだった。ぼくは商品をさがすふりをして、売店で暇そうにしている店員に声を掛けた。

「ここは、どんなお客さんが多いんですか?」

「今の時期は、ほとんどが外国人のお客様ですね。空港から遠くない距離に泊まるところを決めて、都内に遊びに行くんですよ。東京のホテルに泊まるより安く済むでしょ。最近は中国人が多いですかね」

「国内のお客さんはあまり来ないんですか?」

「もちろん来られますよ。いちおう観光スポットもありますからね。でも数としては少ないかな。おかげでお土産ものが、ほとんど売れなくなっちゃいましたよ」

「都内で買うからですか？」

「こういうホテルに泊まるお客さんっていうのは、少しでも安いものをさがすタイプでしょ。うちのものはほとんど相手にしてもらえないんですよ」

不平をいいながらも、それほど売上げを気にしていないのか、店員の話し方はあっさりして陰りがなかった。中国人は、メガサイズのカップヌードルが好きらしい。店頭に積まれた商品をひと通り見ると、ぼくはアパートに戻った。

特段変化はない。ぼくは自動販売機で、温かい紅茶を買った。とくにのどは渇いていなかったが、指を温めておきたかった。

ぼくは駐車場に戻ると、手すりに腰掛けた。急いでも仕方ない。いつまででも待つつもりだった。このあとの予定は父の見舞いに行くくらいだ。少しくらい遅くなっても、何か変わるわけではない。思えばこの数ヵ月、人さがしばかりしていた。ぼくはこの間に話を聞いた人たちの顔を思い浮かべると、父の人生をメモした手帳を眺めてみた。

映画に情熱を注いだ父にとって、その後の人生は敗戦処理のようなものだった。行き当たりばったりの生活のなかでパン屋にたどり着き、いつの間にかそんな生活から抜け出す気力も失っていく。とりわけ家族は、自分の足を引っ張る邪魔な存在だったのだろうか。

栄子さんとの結婚生活はわずか数年で多額の借金を残して崩壊し、健太郎さんとの関係もほぼ断絶した状態にある。その後母と出会ってふたたび所帯を持つが、家族をつなぐ結びつきを愛情といえるのかは、幼い頃のぼくにとって疑問だった。

そこには現実と折り合いをつけることができずに、些細なことで腹を立てる不器用な男の姿があった。しかし今振り返ると、ぼくには父の人生が、そんな単純な図式におさまるようなものには思えなかった。

たとえ消去法で選ばれた人生のつながりだったとしても、受け入れるには父なりの計算があり、抵抗があり、判断があったのだ。ただその軸が歳をとるにつれて変わっていっただけで、自分の判断に何の後悔もなかった。

他人と違う点があるとすれば、暴力と文句が人一倍多いことだろうか。ぼくには、パン屋を辞めても父のもとに通う谷川泰人との面談が、鮮明に記憶に残っていた。


谷川氏は、パン屋でもっとも長く働いた従業員だ。軽い精神障害を抱えているので、父の指示に従うのも簡単ではない。ぼくの記憶にある谷川氏は、いつも父に怒鳴られては叩かれていた。

家族に向かう暴力が谷川氏に向かうことで減殺《げんさい》されていた面もあり、後ろめたい思いがあった。今回話を聞くにあたって、本当に来てくれるか不安だった。

場所はK市だった。ぼくが幼少の頃から、高校に入学するまで暮らした街だ。一三時に駅で会う予定だが、携帯電話は持っていないという。

余裕のある生活でないことは明らかだった。どんな話が出てくるのだろうか。少し早く駅に着いて街を散歩しながら、高まる不安をどうにか抑えようとしていた。

谷川氏は、約束の時間を五分ほど過ぎて待ち合わせ場所に現れた。

「最近、オヤジさんから電話がないなって思ってたんだよな」

「身体を壊しちゃって、入院してたんです」

「そうか。それは知らなかったな」

感情を読むことのできない淡々とした話し方は、数十年前と変わらなかった。

谷川泰人は一九六〇年、東京の赤羽で生まれた。小学校三年生のときに埼玉県K市に引っ越し、その後何度か転居しながらも、一貫して市内に住むことになる。父親を交通事故で亡くし、長く心臓を患《わずら》う母親と二人暮らしをしていた。

谷川氏が父の営むロビンズで働きはじめたのは、一九七九年のことだった。開業して三年目。谷川氏はまだ一九歳だった。K市内に二号店を出店した頃で、店のウィンドウに貼られた募集広告を見て連絡したのがきっかけだという。高校を出たばかりで、何気なく仕事をさがしていた。

働きはじめた頃は、本当に毎日が忙しかった。最初は職人を雇っていたが、いつの間にか父が一人で作るようになった。何人か従業員を雇ったときもあったが、みんな父の性格のむずかしさに長続きしない。

菓子パンの生地を任されたことが思い出深いという。とくに記憶に残っているのがメロンパンだ。発作性の持病があるからか、どうしても細かい作業がうまくできない。

やり方を教えてもらって、どうにかパンが焼きあがったときのことは忘れられない。クリスマスの時期はケーキの注文が多くて、箱を組み立てるだけで大変だったという。

谷川氏は、駅ビルにある喫茶店に入るとコーヒーを頼んだ。

「お店やめるって聞いたときは、ビックリしたよ」

「儲からなくなってからですね」

「そう。それで工場を自宅の庭に移して、毎日通ったんだ。でもあの頃からかなあ、オヤジさん、パンを作るのも手を抜くようになって。材料も減らしたから、味が変わっちゃったんだ」

「そんなことがあったんですか」

当時父は店舗での販売をやめて、高校での販売だけに絞っていた。市内でも中心地から離れたところにある高校なので、校外に昼食を買いに行く生徒は少ない。

天気が悪い日はパンの売れ行きが良いらしく、雨が降ると喜んでいた。比較的安定した売上げが見込める環境だったので、手を抜いていたのだろうか。

ぼくには谷川氏の指摘が驚きだった。氏が発作を起こして、工場で倒れたこともある。あくまでも仕事はいわれたことをこなしているだけだと思っていたが、父の仕事ぶりにしっかりと気持ちの変化を読み取っていた。

「お酒の飲みすぎだったんじゃないかな」

「そんなに飲んでたんですか?」

「高校の販売が終わって帰ってくると、もう仕事は終わりでしょ。俺も昼過ぎから焼酎なんかをよく飲ませてもらってたな」

ぼくが気になったのは、谷川氏が父のことを「オヤジさん」と呼ぶことだった。昔はそんな呼び方を意識したこともなかった。

谷川氏は、父が作ってくれた食事が忘れられないという。今でも、父が得意としたつまみを自分で作ることがある。玉ねぎを薄く切って、かつおぶしとマヨネーズとしょうゆをかけて、七味をふる。そんな簡単なものばかりだ。

高校での販売だけになってからは、勤務時間が減り、谷川氏の収入も減少した。学校なので、夏休みなど長い休みも多い。そんなときは、二人で宅配のアルバイトをした。

記憶に残っているのは、ある会社のカタログを郵便受けに投函する仕事をしたときのことだ。工場の奥に積まれたカタログを車に運ぼうとすると、やらなくていいという。

「こんなの捨てたって、バレやしねえよ」

タバコの煙を吐き出しながらにやりと笑う父を見ていると、なぜかすごい人だと思えたものだ。

谷川氏は父に何度か、もう来なくていいといわれたことがある。材料の分量を間違えたとか、計算ミスをしたとかいった理由だったのではないか。そんなときはぶらぶら散歩して時間をつぶした。

「もっと素直に謝ればよかったな」

「あんなに殴られてたら、そんな気分になれないでしょ」

「そうだけど、仕方ないでしょ。あの頃はそれが普通の教育方法だったし、自分ももうちょっと我慢してればよかったんだ」

そんな谷川氏の言葉が意外だった。

「今の若い人たちは、苦労をしたがらないでしょ。つらいこともやってみたほうがいいんだ。恵まれすぎなんだよな」

それはほかでもない、父の言葉だった。鬱陶しい存在だったかもしれないが、いつの間にか谷川氏も父と同じ目線で世のなかを見るようになっていた。早くに父親を亡くした彼にとって、「オヤジさん」は本当に父のような存在だった。


健太郎さんの部屋のドアが開いたのは、そんなことを思い出していたときだった。階段をゆっくりと下りてくる人影を見た瞬間、ぼくは驚いてノートを落としそうになった。

立ちあがり、反射的にブロック塀の後ろに身を隠した。気づかれていないだろうか。ブロック塀の陰から見てみると、マスクをした男性がちょうど階段を下り切るところだった。

健太郎さんだった。やや細身の体形で、思ったより小柄な印象がある。よく見ておきたかったが、怪しまれるのが怖かった。

ぼくはアパートの反対方向に歩いた。もしすでに怪しまれていたとしても、遠ざかっていく後ろ姿を見せることで、警戒心を和らげることはできるだろう。一〇メートルほど歩くと、ゆっくりと振り返った。

健太郎さんは、ちょうど通りに出たところだった。駅に向かって歩いていく後ろ姿を確認すると、ぼくは急いで追いかけた。これから仕事に出かけるのだろうか。思ったよりきれいな服装をしていることに気分が楽になった。

黒いジャンパーにカジュアルなパンツをはいている。頭を打ってお店を閉めたというが、歩き方からは後遺症があるようには思えない。遠くから見る限りでは、普通のおじさんという印象だ。

ぼくは距離を縮めようと小走りに歩いた。やっとここまで来た。それがぼくの正直な思いだった。

父が入院してから、四ヵ月が経っていた。二つの病院を退院して、今では年明けの手術に向けて家で体調を整えている。この間の回復ぶりは、想像できなかったほどだ。

自発的に外を散歩するようになったし、下痢だった便の状態や回数も通常に戻りつつある。意識レベルの改善も顕著だ。訪問看護師にも、自分の要求を伝えることができるようになりつつある。

一番大きいのは、今後の生活について話し合えるようになったことだろうか。散歩コースでお茶を飲んでいると、夏に入院してからのことを思い出し、腎臓の調子や十二指腸潰瘍の見通しについて、医者に訊いて欲しいという。

現実から逃避するのでなく、どう受け入れるかを考えはじめているように思えた。家に戻ると、以前パン工場のあったプレハブ小屋に入り、自分の持ちものを確認している。だいぶ記憶が戻ったことで、以前の暮らしを思い出しておきたいようだ。

このまま回復していけば、もう一度映画のことも話せるようになるだろうか。この数ヵ月で調べた父の人生は、虫食いが多くあいまいなものばかりだった。本人の記憶をただせば、完全に近いストーリーができあがるかもしれない。

でもそんなことをして父の人生を回復させても、ほとんど得られるものがないこともわかっていた。大事なのは記録をさがすことではなく、父の記憶をたどることだった。

父はすでに人生の大半を終えようとしていた。形に残すべきものはなかったかもしれないが、関わった人々の人生に、少なからず何らかの痕跡を残している。それだけで十分なのかもしれなかった。

健太郎さんがホテルの前でいきなりUターンしたのは、ぼくがそんなことをぼんやりと考えながら歩いていたときだった。忘れものを思い出したのだろうか。健太郎さんが、こちらに向かって歩いてくる。

ぼくは立ち止まり、無意識に目を逸らした。ぼくのことは知らないはずだった。顔を見ただけでわかるはずがない。しかしぼくのなかに、健太郎さんが父の面影の断片を探り出す可能性はゼロではなかった。そのときは何といえばいいか、頭のなかを必死に整理した。

――町田道良を知っていますか？　ぼくの父です。

――あなたと栄子さんとの家庭を放り出してから、ぼくの母と結婚しました。

――病気で倒れて、もう少しで人生の終わりを迎えるかもしれません。それだけを伝えたかったのです。

この日を想定して、何度も考えてきた会話だった。

怒鳴りつけられるかもしれない。お前のせいで自分の人生が狂わされたのだと。あるいは栄子さんのように、もはや関係のない相手と受け流すだろうか。ぼくは自分のなかで渦巻く感情を断ち切ると、先方との距離が数メートルになったとき、思い切って健太郎さんの表情を確認した。

飛び込んできたのは、あの写真の少年と同じ目だった。

長い時間は、確実に健太郎さんにも訪れていた。自然に垂らした前髪が年齢より若く見せているものの、顔に刻まれたしわはやはり五〇歳に近い年齢のものだ。歩くのがきつそうに見えるのは、朝の寒さが影響しているのだろうか。

寒さに身体を馴染ませるように、ポケットに入れた手をしきりに動かしている。やや身体を猫背にして歩く姿からは、生活に疲れた様子がにじみ出ている。それでも写真の少年と同一人物に違いないと思わせるのは、その目が変わっていないからだった。

母親からやや距離を置き、あの日の少年はふてくされたような表情をしてカメラを見ていた。なぜ自分には、誰もが当然のように持っているものが与えられないのか。答えがないことに対するあきらめと、それでも問い続けずにはいられない執着心が同居した目だった。

その問いかけを自分のなかに隠し持っていたのは、ぼくも同じだった。父の暴力から逃げながら、現実と違う理想の父を追いかけていた。しかし父との生活という現実が自分の過去として積みあがっている点は、ぼくと健太郎さんとの大きな違いだった。

どう否定しようと父はぼくのなかに深く根を下ろし、家族というつながりの意味を問いかけてくる。そんな父親など、本当にいないほうが良かったのだろうか。昔なら疑いようのなかった答えを、健太郎さんを前にした今、即座に出せる自信がなかった。

健太郎さんはゆっくりぼくの前を通り過ぎると、アパートの階段を上がっていった。鍵が見つからないのか、しばらくバッグのなかを探るようなそぶりをしてから玄関のドアを開けた。

湧きあがる気持ちを押しとどめたのは、もしかしたら父も同じように、この場所から部屋を見あげたことがあるのではないかという思いだった。

父はメモ帳に、健太郎さんのアパートの住所を残していた。何度か会おうという話を持ち掛けていたくらいだ。気になって仕方がなかったのだろう。小さい子どもを見るたびに、健太郎さんを重ねてしまう父の姿が頭に浮かんだ。

健太郎さんが事故にあったことを知り、居ても立ってても居られない父の気持ちを想像するのはむずかしくない。父はたこ焼き屋の主人に、健太郎さんへの送金をお願いしていたという。しかし入院後の体調の変化は、それを許してくれなかった。

別の人生を歩みはじめたわが子に対して、親にはいったいどんな愛情表現が残されているのだろう。父にとって、金を送るという行為以外に選択肢はなかった。父の気持ちの断片のようなものにたどり着くことができただけでも、ぼくには十分かもしれなかった。

しばらくすればもう一度ドアが開き、健太郎さんが顔を見せるに違いない。しかしぼくは、アパートから目を離すと駅の方角をさがした。宛て先を思い出せない送金にこだわる父の姿を思い浮かべながら、ぼくは駅に向かって歩きはじめていた。

第五章

残された作品

父の三度目になる手術の日程が決まったのは、二〇一八年に入ってはじめての外来診療のときだった。診察のあとで、母が説明を受けることになった。

朝から血液検査、レントゲン、心電図とこなして、とくに異常がないことを確認すると、主治医の八木先生から一月二六日に入院、二九日に手術と伝えられた。胃と腸をふたたび接続する手術で、入院期間は三週間の予定だ。

「少し太りましたね」

八木医師はカルテを見ると、あらためて父の体重を確認した。

父は次の手術に備えて、一日二〇〇〇キロカロリーの栄養剤を入れていた。あまり運動しない高齢者は、もっと少ないカロリーで足りるのだろうか。

「栄養剤の量を減らしたほうが良いでしょうか？」

「いや、一回手術をすると体重が五キロくらい減ってしまうので、今はこのままでいいでしょう」

八木医師は手もとのカルテに書き込みをすると、家での生活を確認する質問をいくつかした。

父は下痢状態が続いていたので、母はあまり栄養が摂取できていないことを懸念していた。手術では相当の体力を使うので、余分にエネルギーを蓄えておいたほうがいいとのことだった。

正月は八木医師の勧めもあり、散歩の量を増やすことにした。前回の手術から五ヵ月が経ち、徐々に体力はついてきたが、三回目の手術を考えるとまだ不安があった。

散歩は家の周りを歩く程度のものだが、徐々に長い距離を歩けるようになってきた。

ある日、玄関を出たところで、「運動靴をもう一足買いたいなあ」というので、車で靴屋に行ったことがあった。

母と二人で買いものに行くのは、退院後はじめてのことだ。この日は自分の足で店内を歩き、欲しい靴を店員に伝え、試し履きまでしている。買ったのは、以前から欲しかったというアディダスの運動靴だ。体力と精神力が戻りつつあるのかもしれない。

散歩の前に、自宅の階段の上り下りをすることも日課になった。こちらは別の医師の助言からだった。手術では持久力も必要だが、激しい運動に耐える力も必要になるという。

左手で胃ろうの廃棄袋を持ち、手すりにつかまらずに階段を一歩ずつ上がっていく。一回の上り下りでも体力をかなり消耗するため、自力でできたことに自信を持てたようだ。

手術に際して意外だったのは、父が麻酔を嫌がったことだ。

父は昔、母のスクーターに乗って事故を起こし、鎖骨を折ったことがある。当時住んでいたK市内の病院で手術したのだが、そのときの全身麻酔で異常な興奮状態になったことがあるという。今でも胸に金具が埋められているらしく、そのことも気にしていた。

手術前の問診では、父が過去の経緯を説明した。八木医師が父の話を聞いて、「大丈夫ですよ」といってくれたのに安心した表情を見せていた。

今回の手術は午前九時からで、麻酔を含めて約三時間の予定だという。麻酔は点滴からのもの、口からガスを入れるもの、背中に注射するものの三種類がある。背中のものは前回の緊急手術では使っていないが、使うと痛みが楽になるという説明を、父はうなずきながら聞いていた。

入院の前日は大雪だった。朝起きると、すでに二〇センチ以上積もっている。

父は入院の際の持ちものが気になるのか、自分のバッグを見てラジオや財布、カードなどを一つひとつ点検している。入院する病院の名前と住所、電話番号などは、母に頼んで紙に書いてもらった。忘れてもいいようにしておきたいのだという。

雪のため散歩には行けないので、この日は階段の上り下りだけだ。なぜか転んで頭を打つかもしれないからと、ヘルメットをかぶっている。日が出て雪が解けてくると、母が庭と私道の雪かきをはじめた。父も厚着をして庭に出ては、母の作業を見て助言していた。

困ったのは、車庫の門が凍って開かなくなってしまったことだ。やかんで沸かしたお湯をかけて引っ張ったが、動く気配がない。庭の水道にホースをつないで水をかけると、しばらくしてようやく開いた。

母が作業をしている間、黙って見ていられないのか、父は動き回っていた。扉を押したり、お湯をかけたり、ホースが外れないように押さえたり、絡まっているホースを持ちあげたりと、部屋から門まで何度も往復する姿は、入院前の病人とは思えなかった。

入院当日の朝は、一〇時前に病院に行く予定で準備をしていた。栄養剤を八〇〇ミリリットル入れ、胃ろうの廃棄袋を洗浄すると、七時頃に車のエンジンをかけたが、この日も門が開かない。

前日と同じようにホースで水をかけたが、気温がさらに低かったからか、それでも反応がない。やかんでお湯をかけたり、木槌で叩いたり、高圧洗浄機を物置から引っ張り出してみたりと、いろいろ試したがどうしても開かなかった。

隣家の奥さんも手伝ってくれたが、すぐには開きそうにないので、雪のため遅れると病院に電話した。少しずつ日が差して、ようやく門が開いたのは一〇時過ぎだった。三時間ほど悪戦苦闘したことになる。

病院には一時間遅れて着き、一一時前に入院の手続きをした。主治医の八木先生が、父の到着を待っていた。保証金は五万円。薬剤師の話を聞いたのち病棟に移動したが、手続きが遅れたためか談話室でかなり待たされ、三〇分近くしてようやく四一二号室に入った。

母は一度自宅に戻り、一四時から主治医の説明を父と一緒に聞いた。今回の手術はふたたび胃と腸を接続するもので、絵を描いてつなげる箇所を示してくれた。

八木医師の説明では、今回は前回とは心配の度合いがまったく違うという。手術が終われば、翌日から水が飲めるしリハビリもできる。ただ手術後は胃が三分の一しかないので、少しずつ食べなければならない。

栄養不足を補うため、手術後も腸ろうを続ける必要がある。あらためて示された予定では、今回の入院は手術から二週間、集中治療室にいるのは一日か二日とのことだった。

問題が発生したのは、入院翌日のことだった。原因は、またしても水だった。

入院前の面談で、主治医、看護師、父との三者で飲み水は一日五〇〇ミリリットルと決めていた。朝昼晩と三回にわけて、一回に一五〇ミリリットルをコップに入れて出してもらうことになったのだが、父によると、入院当日の一四時にもらったきりだという。

看護師がなかなか水を持ってこないので、「水は自分で用意する」と怒ってしまったらしい。

「家族が来たら買ってもらうから、いらないといってある。話はつけてあるから、ペットボトルを買ってきてくれ」

母が病室に着くなり、父が命令口調で怒鳴った。

「そんなこといったって、看護師さんに確認しないと」

「お前がそんなことする必要はないんだよ」

父は一人で興奮しているが、母としても看護師に訊かずに勝手なことはできない。ナースステーションに行き看護師をさがしたが、誰も状況を把握していなかった。

「担当の看護師に確認しますから、少し待っててくださいね」

「自分で買いに行くからいいよ」

看護師の諭すような口調が気に入らないのか、父が逆上して腸ろうのチューブを抜いてしまった。

別の看護師が間に入って落ち着かせると、記録を調べてようやく、今朝の六時に一五〇ミリリットルの水をもらっていたことがわかった。昼に次の一五〇ミリリットルをあげると説明すると、ペットボトル一本は五〇〇ミリリットル入りなので、それでは計算が合わないという。

残りの三五〇ミリリットルを二回にわけて、昼と夕方に一七五ミリリットルずつもらうことになった。

「ちゃんと測れよ」

父は一七五ミリリットルの量をいい加減に入れないで欲しいというので、看護師に注射器四本を使って確認しながら正確に入れてもらった。そんなことをしてもらった水が美味しいのだろうか。

「冷たくないな。水道の水を入れたんだろ」

文句をいいながらも、美味しそうにゆっくりと飲み干した。

毎日注射器で測るのは、さすがに忙しい看護師に申し訳ない。父が興奮するのも目に見えているので、翌日からは父が決めたペースで五〇〇ミリリットル入りのペットボトルを飲んでもらうことにした。

水のことが解決して気分が落ち着いたのだろうか。家のことや雪のこと、楽しみなテレビ番組の話などをして、一五時半に母を家に帰した。

翌日は手術の前日だった。

母が一一時に病院に行くと、ちょうど点滴の準備をしている。この日の担当は、今年看護師になったばかりの若い女性だった。

かつて看護学校から研修に来ていた学生が担当についたときには、トラブルが絶えなかった記憶がある。今回も母は嫌な予感がしたが、新人看護師のおっとりした性格が気に入ったのか、父は上機嫌だった。

「今日はお風呂に入る日か？」

「そうですね。手術前に、身体をきれいにしておきましょうね」

「どうせなら先に風呂に入って、それから点滴や腸ろうをしたほうがいいんじゃないか」

「そうしましょうか」

父の性格をどこまで理解しているのか、何かと父の意見を尊重してくれる。父が気取らない性格の女性が好きなことは昔から知っていたが、こんなところにも好みが出ていた。

シャワー室で父は一人でひげを剃り、身体を洗い、シャワーを浴びた。病室に戻ったあとも、サッパリしたようで満足げだった。

シャワー後の点滴は針が手術用なので、かなり長いうえに左手にしなければならない。父は左手の血管が見えにくいので、新人看護師にできるか心配のようだった。

「血管が細いから、できるかしら」

彼女がぎこちない手つきながらもどうにか成功したのも、父の気分を良くさせていた。

「昨日の看護師は、態度が悪かったんだよ」

「そうなんですか？」

父は年輩だからといって偉そうにしている人間を嫌う傾向がある。前日担当してもらった看護師の態度が気に入らなかったのだろう。腸ろうの機械をつないでもらったときの様子を細かく説明していた。

新人看護師は父の話を真剣な様子で聞くと、「どうぞ」といって薬をコップに注いで差し出した。

「この人はまだ胃と腸がつながってないんですよ。今日は腸ろうから入れてもらえませんか？」

「あっ、そうでした、明日はそのための手術ですもんね」

母が説明すると、慌ててコップを引っ込めた。こんなとぼけたところが憎めなかった。

手術は順調だった。九時頃はじまった手術が無事終わったことを知らされたのは、一二時半過ぎだった。八木医師は母に患部の写真を見せ、詳細を説明した。食事ができるようになるには数日かかるので、しばらくは腸ろうから栄養を流し込むようだ。

父が集中治療室に戻り、処置が終わったら連絡するといわれたが、一時間経ってもその気配がない。遅いと思った母が問い合わせると、一三時四五分頃になってようやく看護師が迎えに来た。

遅くなった理由は、手術後に父が痛がって動き回ったからだ。痛み止めを多く注入したところ、血圧が急激に低下し、脈拍も四〇程度にまで下がってしまった。血圧を上げる処置をして、ようやく正常に戻ったという。

父の意識はしっかりしていたが、痛み止めを入れていないのでお腹が痛いと訴えていた。「八人くらいの医者にぐるっと囲まれたんだ。女の人は二人だけで、あとは男だったな」と説明する姿には、せん妄も感じられない。容体は落ち着いているので、母は一四時一〇分に家に帰った。

岩波映画の元社長である重森貝崙からメールがあったのは、二月二三日のことだった。後楽の会での取材以来だった。

二月二四日一四時半より三田の駐健保会館で、「岩波映画のやってきたこと」というテーマで講演と近作の上映会を行う予定だという。岩波映画を知らない人に聞いてもらうことを想定した、小さな集まりのようだった。

ぼくが岩波映画のことを調べているのを思い出して、送ってくれたのだろう。メールには、映画の案内と会場の地図が添付されていた。パンフレットには、タイトルが大きく書かれ、岩波映画のさまざまな写真が並べられていた。

「記録映画、ドキュメンタリー映画をリードし続けた岩波映画。元社長で映画監督がその足跡と神髄を解説し更にご自身の近作(三〇分)を上映いたします」という説明が書かれているところからすると、重森氏は今でも映画製作に携わっているのだろうか。

ぼくは予定があって出席することができなかったが、一九三八年生まれで八〇歳になる重森氏が、今なお創作活動を続けているということが驚きだった。岩波映画が経営破綻した一九九八年にすでに六〇歳を迎えていたので、フリー活動はそれ以降にはじめたことになる。

ぼくが意外だったのは、重森氏に限らず岩波映画出身者の活動については、それなりに詳しく調べている自負があったにもかかわらず、彼の活動を知らなかったからだ。

パンフレットの略歴にもあるように、重森氏は映像作家として、「文部大臣賞、電通賞映画部門賞、日本ペンクラブ・外国部門賞など受賞多数」の実績がある。

そんな重森氏の作品すら見つけられないような調べ方で、父の作品にたどり着くことなどできるのだろうか。自分の今までの動きが、いかにも頼りないものに思われてきた。

ぼくは、自分のノートに書きこんだ父の経歴を眺めてみた。岩波映画時代に作品を残せなかったことは、本人以外にも関係者のコメントからわかっていた。問題はフリーになって以降、工場で働きはじめるまでの二〇代後半の五年間にどのような活動をしていたかだ。

年金の記録では国民年金とされているので、おそらくこの時期に個人プロダクションを立ちあげて製作していたのだろう。しかし映画を作っていた可能性は高くはない。実績を問うといつも口を閉ざす父の表情からは、少なくとも満足のいく活動があったとは思えなかった。

むしろ小遣い稼ぎで作ったというCMの話のほうが、断片的ではあるがぼくの記憶に残っていた。父の姉一家に出演してもらったホテルニュー塩原、上野駅の近くにあったというホテル市松、TBSのアナウンサーと一緒に作ったという黄桜などだ。

ぼくは今まで映画のほうがフィルムが残っている可能性が高いと考えていたが、もしかしたらアプローチ自体を間違えていたのかもしれない。

記録映画全体をやみくもにさがしていただけでは、父の記録が見つからないだけでなく、父が映画を残さなかったという確証も得ることができない。手がかりが少なすぎるため、いつまで経っても結論が出そうになかった。

その点CMであれば、スポンサーさえ特定できれば、父が関与していたかどうかは確認できるのではないか。父の作品をさがすという点ではCMに限定したアプローチのほうが確実だし、もし見つからなかったときも割り切ることができる。

ぼくは順番に、ＣＭのスポンサーを確認していった。最初は、唯一出演者が確認できるホテルニューー塩原だ。栃木県の那須塩原市にあるホテルで、サンハトヤ（静岡県伊東市）やホテル三日月（千葉県木更津市）とともに、三大ホテルＣＭとしてテレビ番組で取りあげられたこともある。

ホテルに問い合わせると、現在は大江戸温泉物語ホテル＆リゾーツの傘下にあるとのことで、当時のＣＭについては記録がないという。テレビ番組で取りあげられているようですがと訊くと、「あれは当方も関与していないんですよ」と素っ気なかった。

ユーチューブ等で見つけたものを勝手に使われるのは問わない方針で、あくまでも買収前の会社のことと割り切っている様子だった。

次に調べたのが、ホテル市松だ。こちらは上野駅の近くにあったようだが、すでになく、同じ名前のホテルが千葉県内で営業していた。父の話では当時すでにオーナーがかなり高齢だったとのことなので、閉館したのかもしれない。

黄桜については、比較的簡単に昔のＣＭを観ることができた。会社のホームページに、ＣＭギャラリーというページが併設されている。有名なのはカッパのＣＭだ。カッパの夫、妻、姉、弟、祖父という五つのキャラクターがアニメで紹介されている。

一九五五年に黄桜のキャラクターとして採用されたカッパは、清水崑のデザインではじまり、それが小島功に引き継がれた。ホームページでは五九年以降のカッパのＣＭを観られるようになっていたが、それ以外は掲載されていなかった。

ぼくは黄桜の広報部に問い合わせてみたが、過去のCMはほかに記録がないとのことだった。本当だろうか。昔から多くのCMを放送し、ホームページにもCMギャラリーを特設している企業が、何の記録も残していないのだろうか。ぼくは知る限りの情報を盛り込んで、メールで依頼をした。

父からよく聞かされていたのは、一九六〇年代後半に「黄桜物語」というタイトルで放送されたシリーズだ。時代劇風に撮影したもので、業界誌の賞を獲ったともいっていた。当時のことを知る関係者はいないだろうか。広報部の担当者から、メールで返信があった。

「黄桜物語」の詳細について、誠に申し訳ございません。関係各所に確認を行い、できるだけ詳しく調べようとしたのですが、制作会社さま、製作者さまを確認することができませんでした。

「黄桜物語」については大きく三種類あったと記録されており(尺の長さの違いを含めると六種類、全てモノクロ)

① 酒造りの様子を流したシーンの後「酒は新酒だ黄桜だ」とコメントが入るもの。

② 酒蔵での作業のシーンの後「金印黄桜は伝統のお酒」とコメントが入るもの。

③ 松本治六郎(弊社先々代社長)の利き酒シーンの後「金印黄桜は古う伝統」とコメントが入るもの。

①のみ弊社伏水《ふしみ》蔵《ぐら》もしくはカッパカントリーのCMギャラリーでご覧いただくことができます。

②、③は記録があるのみで私どもも映像を確認をすることが出来かねます。

なお、これら以外はやはり年代が古いこともあり、記録が残っておらず、当時を知るOBも存在しませんので、お伝えできる情報がこれ以上にない状況でございます。
取材のお役に立てず、誠に申し訳ございません。

当時の経緯を知る人間はいないとのことだが、ＣＭを観ることはできるという。今まで手がかりすら見つからなかったことを考えると、大きな進展だ。五〇年以上前の話だけに、直接関係者に話を聞こうとすることが間違っているのだろうか。ぼくはさっそく、京都に向かう準備をした。

黄桜の創業は一九二五年。松本治六郎《じろくろう》が家業の清酒製造業より独立し、京都市伏見区新町において「松本治六郎商店」を興したことが、ホームページの沿革に示されている。株式会社化したのは五一年なので、日本酒の業界では新興勢力といっていいだろう。

三代目社長となる松本真治のホームページ上の挨拶には、業界内で後発だったからこそ、「独創的な発想」と「斬新な行動」で顧客を拡大する必要があったと記されている。その代表例が、業界では先駆けて行ったテレビＣＭや、女性向け低アルコール酒など概念にとらわれない商品開発だった。

たしかに日本酒の業界には、圧倒的なシェアを有するメーカーがない。帝国データバンクの調査によると、業界大手の白鶴酒造や月桂冠ですら一〇パーセントに満たないシェアで、数パーセントに多くの会社がひしめいている。根強いリピーターがいる一方で、味の違いを生むのもむずかしい商品だ。

若者や女性などへの浸透が不十分という問題意識が昔から強く、企業名を浸透させるにはテレビＣＭが効果的と考えたのだろう。この点は、二代目社長の松本司朗に先見の明があったようだ。

ぼくはある顧客を訪問するアポイントのあとで、ＣＭギャラリーが設置されている伏水蔵へ行く計画を立て、黄桜の広報部に取材の申し込みをした。しかし顧客との面談が長引き、近鉄の京都駅を出たのが一五時過ぎになってしまった。

朝からの雨は、午後も降り続いていた。桃山御陵前駅からタクシーで向かうことにしたが、この日に限って新人のドライバーで、黄桜の別の建物に行ってしまった。伏水蔵に着いたのは、一六時の閉館時間直前になってしまった。

「すみません、遅くなりました」

ぼくは受付近くで名刺交換をすると、広報の担当者とさっそくギャラリーに向かった。伏水蔵の三階では、今まで製造・販売したおもな商品が年代順に並べられている。部屋の真ん中にモニターが設置され、昔のＣＭを観られるようになっていた。

「こちらでご覧ください」

ぼくは担当者の説明を受け、画面を操作した。「昭和四〇年代」のボタンを押すと、古い順にＣＭが流れてくる。まず目に入ったのが、「黄桜物語」というタイトルだった。ドキュメンタリータッチで酒造りのシーンが描かれ、字幕入りで酒を飲む創業者が紹介されている。

ぼくはもう一度最初からそのＣＭを観ると、時代順に進めていった。説明もクレジットもなく、ただＣＭが流れるだけなので、この時期の四つのＣＭだけでは、どこにも父が関わったという手がかりを見つけることはできない。

「これだけですか？」

「そうですね……」

「資料なども残っていないのですか?」

「さがしてみたんですけど、メールでお知らせした通り、どこの広告代理店にお願いしたものかも、制作会社もわからないんです」

「当時、制作に関わっていたかたは……」

「すみませんが、誰もおりませんでした」

担当者は申し訳なさそうな顔をすると、腕時計を見た。閉館時間が近づいているのを気にしている様子だった。

「何も記録がないなんて、そんなこと本当にあるんですか?」

気づくと、ぼくは強い口調でいい返していた。これだけ広報戦略に費用をかけている会社であれば、どこかに関係者の記録くらい残っているのではないか。本気でさがしていないだけではないか。そんな苛立ちがいつの間にか、父に対する思いにつながっていたのかもしれない。

ひとりの男が独立して設立したプロダクションの、数少ない作品だ。一緒にCMを制作したことのある、関係者の記録なのだ。

閉館時間が来たからと面談を打ち切ろうとする形式的な対応に、このまま終わらせてしまっていいのかという気持ちが強くなっていた。

「そういわれてもですね……」

しかし担当者の困った表情を見ていると、それ以上はいえなかった。ぼくより一〇歳以上も年下であろう若者に、楯突いたところでどうしようもない。ぼくは受付に戻ると、東京で買ってきた菓子折りを渡した。

多くのことを期待して、ここまで来たわけではなかった。父が関わったCMを観るという目的は、達成したはずだった。しかし実際に来てみると、これだけでは満足できなかった。割り切れると思っていた自分の気持ちを、逆に抑え切れなくなるのが不思議だった。

「ライブラリーのほうには行かれましたか？」

よほど落胆していたのが伝わったのだろうか。受付の女性が差し出したパンフレットでは、カッパカントリーという施設が紹介されていた。

「ここでもCMが観られるのですか？」

「そのはずですよ。今訊いてみましょうか」

彼女は受話器を取ると、電話で展示内容を確認してくれた。開館時間内であれば、誰でも視聴できるという。閉館時間は一七時なので、まだ一時間近く残っている。ぼくはタクシーをお願いすると、受付で車が来るのを待った。

カッパカントリーは黄桜が設立した、地ビールと日本酒のテーマパークだ。レストランやお土産ショップが併設されているほか、CMギャラリーではカッパの歴史も展示している。駅から会社に向かう道で、タクシーの運転手が間違えたのはこの建物だった。

ギャラリーには一時間ほど滞在したが、ほかの客は誰一人入ってこなかった。伏水蔵同様、年代順にCMを観られるようになっており、意外なのは伏水蔵より数が多いことだった。

こちらも「黄桜物語」は六〇秒の版だった。

重々しい音楽とともに、「黄桜物語」というタイトルと芥川隆行の味わい深いナレーションからスタートする。「白壁に響き哀しい晩秋の頃、蔵人《くらびと》の唄声湧き起こる」。唄とともに流れるのは、伏見の酒蔵で酒造りにいそしむ男たちの姿だ。

「時は流れて、酒しぶき。香り、味、風格も良し」。ぶくぶくと発酵する酒の様子に続くのは、創業者の松本治六郎が利き酒をするシーンだ。「黄桜、誕生」という字幕とともに、樽から酒が噴き出してくる。日本酒が丁寧に樽に入れられて、出荷されていく。

「歴史に育まれたまろやかな味、めでたの若松様よ、酒は清酒だ黄桜だ」。最後は黄桜の決めゼリフだ。「金印黄桜」の商品パッケージが前面に出て、ＣＭは締めくくられる。

映像しか残っていないとすると、残された関係者に訊いて回るしかないのかもしれない。当時のことを知っている人間は、いったいどこにいるのだろうか。たしかなのは、会社の説明を聞いているだけでは何も進みそうにないことだった。

どうやら、旅はまだ終わっていないようだった。

◇

手術の翌日には、父は一般病室に移った。前回と比べて、回復がかなり早い。母が一三時頃面会に行くと、手術前と同じ四一二号室の窓側のベッドにいた。胃ろうは外されて、腸ろうと点滴のチューブがつき、尿道にもチューブが入っている。

痛み止めの効果は、長くは続かないのだろうか。痛みは前日ほどではないが、まだ残っているという。

「どうにか、少しだけ眠れたよ」

母に気づくと、父は起きあがろうとした。寒いので冬用の下着に着替えようとしたときに、間違えて点滴のチューブを抜いたことで、腕から血液が逆流してしまった。駆けつけた看護師から、点滴のチューブを抜くのは医療行為なので必ず誰かを呼ぶようにいわれ、父は素直に返事をしていた。リハビリは、すでに一日二回行っているという。足のマッサージと、廊下の往復だ。血圧、脈拍ともに正常で、母は二〇分ほどで帰った。

手術後もしばらく、父は飲食を禁止されていた。栄養は腸ろうからで、一時間に三〇ミリリットルのゆっくりとしたペースで、毎日四〇〇ミリリットル入れるという。お腹の傷あとが痛々しく、ガーゼに血が滲んでいた。

実は手術翌日の昼に、看護師の指示で一五〇ミリリットルの水を薬と一緒に飲んだところ、気持ちが悪くなって吐いてしまったという。父も気分は良くなかったが、どうしても飲みたい気持ちを抑えられなかったのだろう。看護師が心配そうに様子を訊いていた。

翌日も母が一三時過ぎに面会に行くと、父の鼻にチューブが入っている。看護師に訊くと、腸の動きが悪く、便もガスも出ない状態だという。胃と腸をつなげたもののまだうまく機能していないので、胃ろうの代わりに鼻から胃にチューブを通して胃液を排出していた。

鼻から出てくる廃棄液は真っ黒だった。呼吸が荒く、疲れたのかテレビを見ながらうとうとしている。お腹の傷が痛いようだが、背中から入れる痛み止めは徐々に減らして慣らしていく必要があった。

口から水分がとれないので、脱水症状にならないように腕から点滴と血液製剤を入れている。薬も腸ろうから入れている。せん妄は見られないが、たまに思い出したように看護師の処置に文句をいうのはいつも通りだった。

八木医師の説明では、腸の機能が回復したと判断するには、廃棄液の色が薄くなり、量も少なくなる必要があるという。

可哀そうなのは痛み止めを使わなくなったあとで、傷口の痛みにじっと耐えているときだ。この日は左手だけでなく右手からも点滴をしたが、針を刺すのになかなか血管が見えない。慌てる看護師を見て、父は「別の人を呼べよ」と怒鳴ってしまった。

父はしばらくぐったりしては、ふと起きると痛みを訴える。ときどき痛みが途切れる瞬間があるのか、少し眠ると、「今は、気持ち良く眠れたよ」と教えてくれることがあった。

姉が見舞いに来ようとすると、インフルエンザが流行ってるからと反対したことがあった。子どもが凍った道路で転んでしまう恐れもある。父の反応が意外だったが、実はこのとき、父は三九度の高熱と高血圧に苦しんでいた。

胃から腸への流れが、なかなかスムーズにならなかった。腸から薬を入れるのを止めたことも、血圧が上がる要因かもしれない。薬と栄養剤の代わりに、常時点滴を受けている。血圧が高いためか、いつもより元気がなかった。

昼に主治医が診察に来た。八木先生の説明では、腸閉塞を治すことが最優先であり、今は胃と腸の廃棄液を引くために鼻からチューブを入れているが、しばらくはそれもやめて様子を見てみたいという。

そのために首の静脈にカテーテルを挿入して、栄養剤や抗生物質を入れたいという。母が同意書にサインをすると、一五時にベッドに寝たまま集中治療室に移動した。とくに麻酔はしなかったので精神状態は変わらないが、やはり元気がなく身体が動かないようだった。

問題は便だった。気づかない間に少しずつ便が出るので、頻繁に看護師に来てもらう必要がある。母がいる間にも大量の便が出ていた。便が出るのは良いことなのだろうが、思わぬ内臓の働きに父も戸惑っていた。

「俺ももうこの歳だ。これ以上は治らないんだろうな」

便を自分で自覚できないことが、相当ショックだったのだろう。主治医の回診のときに父がこぼすと、八木先生が「ちゃんと治りますから、頑張って」と励ましたという。父はその言葉を、何度も繰り返していた。

気分が悪くなると、父は唾や痰を吐くことが多かった。吐いたあとは口をゆすぐと気持ち良いので、冷蔵庫にペットボトルの水を何本かストックしていた。ときどきリハビリを兼ねて談話室に行き、水道で口をゆすいでいた。

タオルで口を拭きながら、家に帰ったら市販の紅茶が飲みたいと嘆いていた。スーパーでの販売価格を母に訊く一方で、もう何も食べられないまま死んでしまう気がすると、弱気になるときもある。

感情の振れが大きかった。

水を飲みはじめたのは、手術から二週間ほど経ってからだった。母が看護師に訊くと、しばらく薬は入れていなかったが、これからは水と一緒に薬を飲んでもいいという。父はこの日の朝、すでに腸の薬を六粒ほど飲んでいた。

看護師は、薬を飲むとき以外は水を飲まないように注意していたが、父によると、主治医の八木先生から少量ならという条件付きで許可が出たらしい。明日は氷を持ってきてくれと頼む姿には、いつの間にか元気が戻っていた。

体調が良くなってくると、徐々に意識がはっきりしてきた。カレンダーを見て、今日が何日かもわかるようになった。栄養剤を増やしたことも効いているのだろうか。

食事を再開する許可が主治医から出たのは、数日後のことだった。水を飲んでいいうえに、ご飯も出るという。重湯の食事からスタートだ。しかし八月から半年以上食べていないからか、父は実感が湧かないようだった。

身体がうまく機能するか、不安があるのかもしれない。本人は、「まだ食えないよ」と遠慮していた。この日はリハビリで、廊下を二度歩いた。次の日は、手術後はじめてのシャワーも控えていた。

久しぶりの食事は、重湯とおかずのスープだった。緊張したのか食事中にトイレに行きたくなってしまい、戻ってみるとお膳を下げられていたので、半分しか食べられなかったと文句をいっていた。

食事は上体を起こし、食後も横にならないようにいわれていたが、疲れるのか父はすぐ横になりたがった。

手術後はじめての入浴は満足そうだったが、この日は入りたくないという。シャワーのあとでパンツをはいてみたが、その後大量に便が出てトイレに間に合わなかったのを気にしているようだ。

むずかしいのは、食事をとりたいという気持ちはあるが、腸が活発に動き出してすぐに大便が出てしまうことだ。身体が食べものにまだ慣れていない。簡易便器をベッドの脇にいつも置いておく必要があった。

翌日の昼食は、重湯、みそ汁、麦茶、ヨーグルトにトマトジュースで、重湯には塩が付いていた。父は休みながらゆっくり、ひと口ずつ食べていたが、すぐに苦しくなってしまうようで、半分以上残して寝てしまった。

しかし食事ができるようになったことで、自分の身体の回復が実感できたのか、気分が落ち着いたようだ。数日後には、朝食と夕食も食べるようになるという。

ある日のことだった。母が病院に行くと、父が食事もとらずに、テレビを見ている。どうやら食事中に、便が出てしまったようだ。下痢だったので便器のほか、寝巻、カーテンにまで飛び散って汚してしまい、洗濯しているところだという。

食べると下痢をしてしまうので、昼食は食べないと何度も断っていたが、看護師に勧められて少しだけ重湯とみそ汁を口にしていた。

点滴はこの日が最後で、今後は食事だけで栄養をとる生活に戻るという。そうなると、食事のたびに文句をいっていられない。普通に食べられるようになるのが楽しみだったが、今の父には点滴よりきつい治療でしかないのかもしれない。

一四時に八木医師が回診に来た。先生は、週末か二月末をメドに退院を考えているという。ただ一度に食べられる量は限られているので、一日三食のほかに、二時間おきに糖分を補うよう指導された。ベッドの上半身部分を起こして胃から腸への流れを良くすること、ご飯は普通米で良いこと、当面下痢が続くのは仕方がないので、朝起きたらまず小湯を飲んでトイレに行くことなどのアドバイスを、父は神妙な顔をして聞いていた。


食事に対する父の警戒感が薄れたのは、お腹の調子が落ち着いてからだった。お腹が食事に慣れてくると、徐々に食べる量も増えていった。

昼食の重湯やおかずも、ほとんど残さずに食べるようになった。一五時にはおやつが出るが、この日は羊かんを美味しそうに食べていた。食後にペットボトル入りの甘い紅茶を満足げに飲んでいる姿は、本当に幸せそうだ。

退院が決まったのは、突然だった。母が病院に行くと、「今月末に予定通り退院できるそうだよ」と父がいう。看護師に確認すると、八木医師から指示が出たようだ。母が慌てて、退院にあたっての栄養士の食事指導を受けた。

一日の摂取カロリーは最低で一六〇〇キロカロリー、多くて一八〇〇キロカロリーだ。退院直後は一日六回の食事で、消化の良いものを食べる。硬いもの、辛いもの、冷たいもの、熱いもの、油の多いものを避け、胃に刺激を与えないようにする。

また父は腎臓が悪いので、塩分は控えて、野菜は茹でて食べるとよいという。病院ではこの日からおかゆになり、ミキサー食から普通の食事になった。父は退院してから、床屋に行ったり、買いものに行くのを楽しみにしていた。

退院の朝は、ちょっとしたトラブルがあった。母がいつもより早く病院に行き、退院の手続きをしたが、薬の準備に時間がかかってしまった。待つことのできない性格は変わらない。父は薬剤師の対応に怒鳴り散らすと、ぶつぶついいながら母の車に乗った。

機嫌が戻ったのは、床屋に行ってひげを剃ってもらってからだ。以前病院に来てもらった、感じの良い床屋さんだ。ひげ剃りで千円。自宅に戻るとプレハブ小屋に入り、エアコンの調整や冷蔵庫の整理、古い布団の処分などの片づけをしてから買いものに行った。

広いスーパーのなかを歩き、おかゆ、野菜の煮物、飲みもの、おやつの桜餅などをかごに入れていく。しばらく気分は良さそうだったが、途中で具合が悪くなったのか、先に帰るといい出した。まだ気持ちに体力がついていけないのだろう。徐々に慣らしていく必要があった。

黄桜のCM探索は、まずリストを作ることからはじまった。

ぼくはカッパカントリーで観たCMをもとに、一覧表を作ってみた。昭和四〇年代のコーナーでは、一三本のCMが公開されていた。そのうち詳細がわかるものを、年代順に並べていく。映像しか残っていないことを考えると、この表こそ唯一の資料といえるかもしれない。

一覧表にしてまず気がついたのは、CMの数の多さだった。昭和四〇年代と推定されるものだけで一三本あるが、それぞれ六〇秒と三〇秒、なかには一五秒のバージョンを制作しているものもある。カッパカントリーの昭和四〇年代の作品に収められていないものも含めると、ぜんぶで五〇本近くになるだろうか。今でこそ珍しくないかもしれないが、当時の未上場企業がつぎ込む広告費としては、かなり金額の大きいほうに分類されるだろう。

次に内容がバラエティに富んでいることだ。モノクロからカラーに移るタイミングで、ドキュメンタリータッチのものもあれば、ドラマ仕立てのものもある。内容だけで、父が関わった作品を特定することはできなかった。

父がよく口にしていた「黄桜物語」は、酒造りから出荷までの過程を描いた実録に近く、決して時代劇風ではなかった。黄桜のＣＭにおいて時代劇というと「勤王芸者」や「侍だねえ」が当てはまるが、いずれも制作時期が定かでない。父はいったい、どの作品の制作に関わったのだろうか。

ぼくはリストを見ながら、どこに手がかりがあるか考えてみた。スポンサーである黄桜でのキーパーソンは、二代目社長の松本司朗だろう。広告戦略の最前線に社長が立っていたことは、過去の新聞記事などを読む限り、間違いないようだった。

次に実際の出演者だ。この時期のＣＭには、ナレーションの芥川隆行のほか、多くの著名人が出演している。創業社長である松本治六郎から近衛十四郎（俳優）、水原茂（プロ野球監督）、杉良太郎（俳優）、三浦布美子（女優）と、幅広い出演者との交友関係を拾っていく必要があった。

最後に一番むずかしそうなのが、制作者だった。ＣＭを制作するには広告代理店や制作会社が関わっているはずだが、これらの記録がどこにも残っていない。父はいったい、どんなつながりからこの仕事に行き着いたのだろうか。五〇年という月日の長さが、重々しく迫ってきた。

黄桜はこの時期に、なぜこれだけの数のCMを制作したのだろうか。広報を通じた取材などでわかってきたのは、二代目の社長松本司朗がカギを握っていたことだった。

司朗氏は一九一七年、京都の造り酒屋(現松本酒造)の四男として生まれた。慶応義塾大学時代は水球選手として全国優勝し、戦争のため幻に終わった四〇年の東京オリンピックでは日本代表候補だったという。

大学卒業後に入隊し、北支部隊に配属。終戦後、約一〇ヵ月間の中国抑留を経て一九四六年に復員すると、叔父の松本治六郎の養子となり、松本治六郎商店(現黄桜)に入店した。持ち前の行動力で、拡大路線に経営の舵を切ることになる。

京都で後発の中小メーカーにすぎなかった黄桜は、東京への進出を決断する。灘、伏見の大手が集中する都心を避け、将来発展の見込めそうな中央線沿線に集中しての進出だったことが、『酒類食品人物シリーズ　私のアルバム　第9巻』(日刊経済通信社)の松本司朗の項で示されている。

全国規模で勢力を拡大するために見出したのが、大衆化路線を重視した商品戦略と、CMを使った一般消費者向けの広告戦略だった。二級酒の供給を増やしていったのは、高級酒市場では黄桜のような後発メーカーでは大手に太刀打ちできないという事情があった。

一九五五年にカッパを黄桜のキャラクターに採用し、五七年にテレビCMを開始したのは、ブランド力の強化が同社に不可欠と考えたからだ。カッパのキャラクターは、五三年から清水崑が週刊誌に連載していたマンガがきっかけだった。水球選手である司朗氏自身が、日本を代表する「カッパ」で

◇黄桜が昭和四〇年代に制作したCM一覧(一部)

(タイトル)	尺(秒)	内容(ナレーションは芥川隆行)	出演者
黄桜物語	90、60、30、15	伏見の酒蔵で酒造りの様子、「酒は清酒だ黄桜だ」金印黄桜(モノクロ)	松本治六郎
お酔いになって	60、15	浅草雷門周辺の散策から宵闇の座敷へ、「お酒の傑作です」無添加黄桜(モノクロ)	三浦布美子
勤王芸者	60	時代劇風、追われる桂小五郎が酒を飲む、「美味い酒じゃ」無添加黄桜(モノクロ)	近衛十四郎、三浦布美子
黄桜に参った	60	桜の下で太刀を振る侍、「ご晩酌には黄桜」金印黄桜	杉良太郎、三浦布美子
飲みたいわ、あなたと	30	三味線をひき、一人で酒を飲む芸者、「本当かね、飲みましょう黄桜を」金印黄桜	三浦布美子
本造り黄桜	30、15	赤い傘をさした女性が雪のなか橋を渡る、「心のぬくもり、本造り黄桜」	三浦布美子
飲み屋街	60、30	サラリーマンが飲み屋でギターを持った男に会う、「本造り黄桜、渋いね」	杉良太郎、田端義夫
男だねえ	60、30	二階から酒を下ろして喧嘩でケガをした青年に渡す、「この道ひとすじ、本造り黄桜」	三浦布美子
桜吹雪	30	歌舞伎、桜の下で舞う女性が連獅子を見る夢、「酒は黄桜本造り」	三浦布美子
侍だねえ	30	時代劇風、狸の置物が酒を持って出てくる、「とっぷり飲んでおくんなさいよ」本造り黄桜	杉良太郎、三浦布美子

〔CMフィルム、関係者のヒアリングをもとに筆者作成〕

もあった。

黄桜にとってCMは、会社成長の重要な切り札だった。その点で司朗氏と慶応大学の同期卒業である芥川隆行は、CMのナレーションにとどまらない大きな役割を果たすことになる。

芥川隆行は一九一九年、東京の白金に生まれた。幼稚舎から慶応に通い、四一年に大学を卒業。高校教師などの職を経て、五一年に民放第一期のアナウンサーとしてラジオ東京(現TBS)に入社すると、よく通る名調子のナレーションで人気を得る。

一九五六年、アナウンサーからの配属転換を命じられたことは、相当ショックだったようだ。しばらく自宅待機で悶々とした日を送っていたが、ドラマの企画制作や演出、台本の手直しなどに関わりながら、「行き先も考えず、フリーになった」という(AERA、一九九〇年一〇月一六日)。

一九六〇年、芥川氏が四一歳のことだった。

フリーアナウンサーという存在が、職業として成り立つのか見当もつかない時代だ。黄桜の顧問として多くのCM制作に関与したことは、芥川氏のその後のキャリアにおいて大きな自信になった可能性がある。

二〇歳年上の著名なアナウンサーの存在は、父にとっても大きいものだったようだ。酒に酔った勢いで無礼な言葉遣いをしてしまったことがあると、何度も悔やむような口調で思い出話をしたことがあった。

CMの出演者のなかで関わりがあり得るのは、杉良太郎と三浦布美子の二人だった。父と直接の接点があったかはわからないが、年齢が近く、出演の頻度が高い。

杉良太郎は一九四四年、神戸市に生まれた。六五年に歌手デビューしたが、しばらく売れない時代が続いたという。黄桜のＣＭにはじめて登場するのは、六九年のことだ。六六年に放映された時代劇の連続テレビドラマ「燃えよ剣」の出演をきっかけに、俳優として全国的な人気を獲得していく。

このとき引っ張ってくれたのが、番組の制作担当でナレーターの芥川氏だったという。テレビの歌謡番組に出演中の杉氏に興味を持ち、田舎へ帰ろうかと悩んでいたのを口説き落とした経緯は、平映子『わが師　芥川隆行　こころの語り芸』(双葉社)に描かれている。ここにも芥川氏の影響力の大きさを確認することができる。

しかし六九年は、父が製作プロダクションをたたんで映画から足を洗った年だ。しかもＣＭの完成は四月であり、年金記録上は翌月から父はある工場で勤務している形になっている。父がＣＭ制作に関わった可能性は低いといわざるを得なかった。

三浦布美子は一九四一年、東京都に生まれた。小唄の田毎流《たごとりゅう》の家元を祖母に持ち、浅草の売れっ子芸者だったが、六五年にテレビ番組「演芸百選」のレギュラー出演で人気を得る。黄桜のＣＭにはじめて出演したのは六七年、踊っている姿を司朗氏に認められたのがきっかけだった。

ぼくが三浦氏に関心があったのは、彼女が七〇年代にかけて、多くの黄桜のＣＭに出演することになるからだった。黄桜は数年前に、若き日の三浦布美子が主役のポスターを復刻したことがあった。それほど会社のイメージが強く残る女優といえるのだろう。

また三浦氏は、まだ黄桜のＣＭがモノクロだった時期にも出演している。撮影現場で父とすれ違っている可能性も、ゼロとはいえないように思えた。

しかし三浦氏はすでに芸能界から引退同然の状態で、小唄の家元としての活動をメインにしているという。さっそく日本小唄協会を通じて、田毎流の家元に取材の申し込みをした。

調べてみると表舞台に出てきたのは、二〇一一年九月の東京新聞のインタヴューが最後だった。田毎流が創派八〇年を迎え、帝国ホテルで田毎会を開催したときのものだ。三浦氏が二代目家元を継承してから五〇年が経っていた。

この記事にも、「清酒黄桜などのCMは男性を悩殺した作品としてとくに有名」と書かれている。五〇年経っても黄桜から切り離せないほどに、CMのイメージの強いことがわかる。

広告代理店のつながりを見つけたのは、偶然に近かった。ある日父の発言メモを見返していると、「折込広告」という言葉に気づいた。CMの話を聞いた際に、何度か出てきた言葉だった。何気なく聞き流していたが、前後の脈絡からすると広告代理店の名前かもしれない。

インターネットで調べるとその通りで、創業は一九二二年。国鉄の有料広告第一号を扱っており、伝統的に交通広告に強い。社名を「オリコミ」に改称したのが六三年で、九三年には現在の社名である「オリコム」に変更している。本社は新橋にある。

ぼくはこちらにも、取材の申し込みをした。五〇年前の制作担当者が残っている可能性は低いと考えざるを得ないが、何らかの記録が残されているかもしれない。ようやく光を見出した気分だった。

はじめに反応があったのは、三浦氏のほうだった。田毎流の教室に通い、三浦氏の秘書役を務める臼杵《うすき》吉春《よしはる》から電話があった。毎週水曜日、小唄の稽古で浅草にある三浦氏の自宅に通っているという。

稽古といっても、一〇人程度の小さな集まりだ。かつては週五回のペースで稽古をつけていたが、三浦氏が足を悪くして以来、弟子が控えるように働きかけたという。今では三浦氏は、自宅から出ることもほとんどないようだった。

臼杵氏も芸能の世界が長いようで、三浦氏の活動に詳しかったが、ぼくの取材に対する反応は芳しくなかった。三浦氏は二〇一一年のインタヴュー以来、取材はほぼすべて断っているという。足を悪くして、日本舞踊のほうも活動を休止していた。

「もう歳をとりましたし、人様の前に出るのは嫌がってるんです」

「黄桜のＣＭのことだけでいいので、お話しいただくわけにはいきませんか？　テレビや雑誌ではないので、写真が出ることもありません」

「もう五〇年も前のことらしいじゃないですか。昔のことは憶えてないって聞かないんですよ」

「当時のことも調べさせていただきました。憶えておられる限りで結構ですので、ご協力いただけませんか？」

「考えてみてください。デビューしたての頃ですよ。芸能界に出たばかりで、事務所が決めたスケジュールを順番にこなすだけの生活です。町田さんにとっては重要なＣＭだったかもしれませんが、本人が記憶しているのは休む間もなく次の仕事に向かった忙《せわ》しなさばかりなんです。冷たいと思われるかもしれませんが、そんな生活だったとご想像いただければと思います」

臼杵氏の礼儀正しい言葉に、ぼくは何もいえなかった。デビューしたばかりのスターが、一瞬すれ違ったかもしれないカメラマンのことを憶えているわけがない。そういわれているに等しかった。

「もしお知りになりたいことがあれば、私に訊いていただけますか？　師匠とも数十年のつき合いになりますので、何らかのお役に立てるかもしれません」

「いいんですか？」

「構いません。もう芸能の仕事からも手を引いて、やることといえば週に一回のお稽古と、銭湯代わりにジムに行くことくらいです。時間だけはいくらでもあります」

ぼくは臼杵氏とのアポをとって電話を置いた。残り少ない手がかりを失うわけにはいかなかった。


オリコムのほうは、広報担当の川野辺哲郎から連絡があった。調べてみると、やはり過去の黄桜のCMは多くをオリコム社が請け負っていたという。黄桜の松本真治社長にも確認したうえで、協力してもらえることになった。

新橋にある本社の会議室には、川野辺氏に加えて、営業担当の三橋孝弘、長く黄桜を担当して今は子会社に籍を置く田垣悟の三人が待っていた。ぼくはあらためて挨拶すると、田垣氏が調べてくれたというCMの経緯を聞いた。

黄桜が実写CMをはじめた頃、オリコムの担当は山田雅行というのちの営業局長だった。当時黄桜はカッパのアニメCMに加え、新たに実写CMの制作をオリコムに依頼。一九六二年に入社したばかりの山田氏が東映系列の制作会社を使って制作の指揮を執ることになった。

当時は、広告といえばラジオが主流だった。一九五〇年代からテレビCMが広がっていくが、まだ圧倒的にラジオが多い。何よりも音が重要であり、歌に主眼が置かれやすかった。カッパのアニメはその流れにピッタリで、ポスターを使ったキャラクター作りも重要視されていた。

広告もテレビが中心になって、新しい時代に合わせたアプローチが三浦布美子の起用だったのだろう。日本酒というイメージに和服姿の三浦氏が合っていたという事情もあった。

「これが当時の資料です」

田垣氏は手もとから、一枚の紙を取り出した。そこには過去オリコムが関与した黄桜のCMが、完成順に一覧になっている。題名、完成月日、秒数の脇に、スタッフとして、企画、演出、撮影、照明、音響と書かれ、企画の欄には「芥川」、演出の欄には「山田」の名前が続いていた。

「これを見る限り、いかに芥川さんが黄桜に食い込んでいたかがわかります。山田というのが、私の上司です。二人が中心になって、黄桜さんのCMを作っていたんでしょうね」

ぼくの推測は、それほど外れていなかった。オリコムは当時、交通広告での強みを活かして、テレビにおいても番組やCMの企画制作を行っていた。なかでも黄桜は、当時から重要な顧客だったという。

田垣悟は一九五六年生まれで、八〇年にオリコムに入社した。メディア担当を数年経験してからは、一貫して営業部に籍を置いている。営業局長時代の山田氏のもとで働いたこともある。黄桜は関東圏を販売最重要地域としていたため、東京を拠点とする広告代理店との取引が好ましかったという。

「ここに町田さんの名前もあります」

田垣氏が指さした箇所に、「町田」の名前が記されていた。やはり、黄桜物語の撮影だった。

「本当ですね」

「先ほど申しあげたように、東映系の制作会社が関わっていたようなのですが、記録に会社名は残っていません」

「フリーの人たちの集まりだった可能性もあるわけですね」

「そうかもしれません。ただ私も、当時のCM制作にどのような慣行があったかまでは詳しくありません」

そういうと田垣氏は、手にしたCMリストを偶然見つけた背景を説明した。

当時は広告代理店でも、CMを記録として残すという発想は希薄だった。山田氏は几帳面な性格で、自ら制作リストを作成し、制作したフィルムをすべてつないだ形で残していた。それらの記録があるからこそ、当時のスタッフを確認し、ビデオで観ることができる。

「残念ながら、町田さんの名前が出てくるのはこのCMだけなんです」

ひと通り説明すると、田垣氏はぼくの反応をうかがうようにいった。

「そうなんですか？」

「何があったのかはよくわかりません。この作品にしか関わらなかったのかもしれませんし、ほかのCMは表に出ずに、サポートに回ったのかもしれません」

田垣氏の話を聞きながら、ぼくはリストの下まで撮影の欄をたどっていった。一九六六年一二月にCMがはじまって以来、年間三作から六作ほどのペースが続いている。七〇年一一月にふたたび父の名前が出てくるが、これは以前の黄桜物語の改訂版を編集し直したものだった。

父にとってCMは、あくまでも映画製作の片手間ではじめた仕事だ。ほかの仕事が忙しくて、対応できなくなった可能性もある。しかしこの会社のCM作りには、父が好む熱い息遣いのようなものがあるような気がしていた。

CMを必要としている会社があり、社長に恩義を感じている友人がおり、CMを足がかりに大きく飛躍していこうとしている若き日のスターがいる。父もほかのスタッフと同じように、CMの先に自分の夢を託していたに違いない。

黄桜の実写CMがはじまった六六年は、父のはじめての子どもである健太郎さんが生まれた年だ。六四年に岩波映画を辞めて個人プロダクションを立ちあげ、六五年に前妻の栄子さんと結婚している。熱い思いがなければ、家族を置き去りになどできないはずだった。

黄桜物語を見ての田垣氏や三橋氏の感想は、かなり凝った作りになっているというものだった。ドラマ風の構成だし、タイトルも映画を意識している。酒造りの現場を見せるという発想は、当時は珍しかったようだ。九〇秒という尺も、業界誌の賞を意識していたことを思わせる。

賞は獲得できなかったが、黄桜の戦略は的中する。女性を狙った商品作りや夏に売れないという常識を覆したオンザロックなど、新たな商品を次々と打ち出すのにCMは非常に効果的だった。黄桜は、業界大手の一角を占めるまでに成長していく。

芥川氏や三浦氏については、経歴のなかで黄桜のCMが相応の位置づけを占めるように、フリーアナウンサーや役者として飛躍する契機になったといってもいいすぎではないだろう。

山田氏は常務取締役を経て、オリコムの子会社である宣研の社長に転じてサラリーマン人生の最後を迎えた。社員の記憶に残るのは、細身の身体でいつもくわえタバコをしている姿だ。ニコニコした顔が怒ると一瞬で変わる表情は、広告業界で一角《ひとかど》の存在を思わせる。

企画芥川、演出山田、撮影町田、照明沖、音響高橋。山田氏の手書きで記されたこれらの名前が、黄桜物語の主要スタッフなのだろう。彼らと一緒の作品に立ち合えたことが、今では父にとっての勲章になり得るのかもしれなかった。

◇

自宅療養をしながら、父は少しずつ日常生活を回復していった。朝起きると食事をしてから、リハビリ代わりに買いものに行く。たいていは近所のスーパーで、買うのは総菜や菓子、ジュースなどの甘い飲みものだ。

病院や床屋に行くこともあるが、工場や庭の片づけをする以外はテレビを見て過ごす。なるべく寝ないようにしているが、疲れるとベッドで横になってしまう。風呂は週に三回で、自分で好きな時間に入るようにしている。

ある日、昼頃に父がスーパーに行くと、腕と足にしびれを訴えたことがあった。サバとサーモンを買い、アジをさばいてもらっているときだった。痛風が再発したのだろうか。

翌日は一〇時に母と病院に向かい、血液検査を受けた。主治医の診断によると、カリウムの値が低すぎるという。腎臓病のためカリウム値を低くする薬を朝夕二袋ずつ飲んでいたが、しばらくやめることになった。

この薬はいつも飲みにくいと嘆いていたので、父は喜んでいた。また食事の回数をきちんと一日六回にわけ、一度の分量を少なくするようにして欲しいという。腸ろうの穴をふさぐのは、もう少し様子を見てからになった。

足と腕のしびれは偽痛風という症状で、手術後に現れることが多いらしい。フルコートクリームが欲しいといい出したので、母が買い置きを一つ渡した。食事は自分で少しずつ食べるように気をつけるという。野菜不足を心配して、母がカブのみそ汁を作っていた。

とくに左手が痛いようで、数年前に買ったホカロンで温めたが効果がない。しばらくすると今度は氷で冷やしてほしいというので、母が保冷剤を渡すと、気持ちが良いのか落ち着いたようだった。病院で診てもらうよう勧めたが、次回の通院まで様子を見ることにした。

数日後のことだった。朝起きると、いつもよりさらに手が腫れて指も動かない。病院に問い合わせたが主治医は不在で、看護師に訊くと整形外科で診てもらうようにという。さっそく一四時に予約をとった。

病院では血液検査と手のレントゲンを撮ったが、尿酸値が上がっており、腎臓の状態も悪化しているという。ひとまず痛み止めを処方してもらい、翌週の通院時に内科の医師に診てもらうことにした。主治医には、腎臓の弱い人が手術をすると透析をすることがあるといわれていた。腎臓は今まで症状が治まっているものと思っていたが、ここへきて再発したようだった。

父は高齢だから仕方がないといい、薬を飲んで安静にしていた。すぐに効果が出るとは思えないが、診てもらって安心したようだ。翌日に、母が千葉に墓参りに行くことを伝えると、自分も行きたいとぼやいていた。

内科の診断では、痛み止めと尿酸値を下げる薬を処方してもらった。食事に関する本をもらい、プリン体を含む食品を減らすようにという指示も出た。手の腫れは引いているが、痛みがまだ残っている。

一方外科では、診断の結果、もう腸ろうはやらなくて良いといわれた。お腹に入っているチューブを抜くときは、母も感慨深げだった。父は足取りが軽くなったことを、無邪気に喜んでいる。あとはお腹の傷が回復するのを待つだけだ。

八木医師もここまで早く回復すると思っていなかったようで、何度も良かったと喜んでいた。腎臓の悪化は止まったようだが、尿酸値が高いので、しばらくは内科に通う必要がある。長い通院生活になりそうだった。

ぼくは父の症状の変化を見ながら、いつＣＭのことを切り出そうかと考えていた。黄桜のＣＭが見つかって以来調べてきたことを、まだ父に明かしていなかった。

病状は落ち着きつつあったが、父はベッドで横になっていることが多かった。寝起きの頭では半世紀前の記憶を呼び起こせるとは思えず、なかなか話しかける機会を見出せずにいた。

ある日のことだった。ぼくがふとプレハブ小屋に顔を出すと、父がぼんやりとテレビを眺めている。父の好きな時代劇の専門チャンネルだ。ちょうど水戸黄門を放送していたらしく、芥川隆行のナレーションが番組の終わりを示していた。

「この声の人が、お父さんが一緒に仕事をしたっていうアナウンサーでしょ？」

「芥川さんな。当時の一流アナウンサーだよ」

「たしか慶応のＯＢで、背が低かったんだよね」

父はぼくの声に振り向くと、芥川氏とのエピソードを話しはじめた。ＣＭの撮影が終わったあとの宴席で、父が酔っ払って「これでも食べなよ」と差し出したおにぎりを、芥川氏はありがたそうに受け取ったという。もう何度も聞いたことのある話だ。

「俺の失礼な態度に、怒らずに相手をしてくれてな」

「優しい人だったんだね」

「偉ぶらなくてな」

自然と、ＣＭの話題に入っていけそうな雰囲気だった。ぼくは話の流れに、訊きたかったことをぶつけることにした。

「黄桜のＣＭって、どんなのを作ったか憶えてる？」

「時代劇風のだけど、細かいことは忘れちゃったよ」

「この前京都に行く用事があってさ、黄桜の近くに行ったから、ＣＭギャラリーで観てきたんだよ。今でも昔のＣＭを観られるようになってたよ」

ぼくはスマホを取り出して、黄桜物語を再生した。父は画面に顔を近づけると、思い出したように老眼鏡を掛けた。

「これは芥川さんの声だな」

「ナレーションはね。映像は憶えてない？　これが黄桜の酒蔵なんでしょ？」

映像が変化するのに合わせて、酒造りの様子を説明していく。もう何度も繰り返し観たＣＭだったが、父の反応は期待していたものとは違っていた。

「どうだったかなあ……」

「わからないことはないでしょ。黄桜物語だよ」

「これがか？」

「そうだよ。お父さんに見せようと思って、持ってきたんだよ。昔のＣＭはなかなか残ってないからさ、ここまでたどり着くのも大変だったよ」

父はぼくの言葉に振り向くと、スマホを手に取った。五〇年ぶりの対面だろうか。完成したのが一九六六年一二月と記録されていたので、正確には五二年前の映像だ。ぼくはじっと反応を待ったが、父の記憶のなかにある映像とは重ならないようだった。

「もう少し前のじゃないか」

「そんなことないよ。黄桜物語だよ。ちょっと待って。もう一回よく見てよ。本当に憶えてない？」

ぼくはもう一度映像を再生したが、父の反応は変わらなかった。

「わかんねえなあ。俺が撮ったときは、大きな松の木があったような気がするんだよ」

「松の木？」

「黄桜の敷地にある大きな木でな、一番最初にその撮影をしたんだ」

ぼくの視線から目を逸らすと、父は、「やっぱり違うな」といって何度かうなずいた。表情からは、嘘をついているように見えない。過去の記憶の一部が失われはじめているのだろうか。ぼくはしばらく父の様子をうかがうと、今まで調べてきたことを父に伝えた。

黄桜の二代目社長である松本司朗が、地盤のない関東で業容を拡大するためにとった戦略がテレビCMだったこと。社長自らが陣頭指揮を執り、大学の同期卒業生である芥川隆行が顧問として助言役になったこと。

請け負ったのは、交通広告の強みを活かしてCM制作に乗り出した広告代理店オリコムだ。東京の代理店が直接制作に関わるなど、スポンサーの要望に沿った対応が決め手だったという。テレビ時代にふさわしい役者として、小唄ができて和服の似合う三浦布美子を起用した。

父は黄桜の実写CM第一弾となる、黄桜物語のカメラマンを務めたことがオリコムの記録に残っている。これは一五秒から九〇秒までぜんぶで六つのバージョンを制作するほどこだわった作品であり、業界誌の賞を意識していたのではないか。

「そんなこともあったかもしれねえけど、これは違うだろ。こんな映像だったかなあ」

「そうなんだよ。記録には撮影町田って残ってるんだ。間違いないよ」

「記録にあるっていうなら、そうかもしれねえけどな」

ぼくに反論こそしなかったが、どうやら父は、目の前の映像を受け入れるにはまだ抵抗があるようだった。

もしかしたら父が話している松の木は、黄桜物語の九〇秒の版に含まれているのかもしれなかった。ぼくが今までに観た黄桜物語は、いずれも六〇秒だった。しかし自分が撮影した作品を、ほとんど憶えていないことなどあり得るのだろうか。

ぼくは黄桜の業績を伝え、同社の成長にはCMを使った広告戦略が不可欠であったことを説明した。

京都の中小メーカーにすぎなかった黄桜は、今では大手の一角に食い込む存在にまで成長した。その過程に関わることができただけでも、父の存在意義が示されたといえるのではないか。

もともとPR映画という企業の広告から岩波のドキュメンタリー映画がはじまったことを考えると、岩波映画で追求しようとした役割を実践したともいえる。メディアの中核が映画からテレビへと移りつつある時代の変化に、父なりに対応した結果だった。

そこに、家族を捨て、多額の借金をしてまで追いかけたものの痕跡を、少しだけ垣間見ることができた。もし父が忘れてしまったとしても、その事実は変わらない。そんなぼくの話に、父は不思議なものを見るような目をして聞き入っていた。

父が自分の作ったCMを憶えていないという事実を、ぼくはどう受け止めればよいかわからなかった。表現は、自分とは何者かを追求する行為だ。自分を切り刻んでいくような過程を、簡単に忘れられるとは思えなかった。

しかし五〇年という時間の長さを考えると、やむを得ないかもしれないとも思いはじめていた。映像製作を職業にしている人間ならまだしも、パン屋としての生涯を選んだ父にとって、映画は生活していくうえで不可欠なものではない。実際にぼくには父と映画館に行った記憶などないし、父が熱心に新作の映画を追いかけていたとも思えなかった。

もしかしたら父にとって黄桜物語は、半世紀ぶりに観た映像の一つでしかないのかもしれない。だとすれば松の木しか記憶に残っていなかったとしても、ぼくには父を責めることはできない。

父にとって映像とは映画であり、映画の思い出とは映画業界の内輪話というのが実際のところなのだろう。もともと小遣い稼ぎでしかないCMを、自分の作品とする意識は希薄だったのかもしれない。社会の評価より自分の思い入れを大事にする父の価値基準が、清々しくすらあった。

ぼくは家に帰る電車のなかで、父が撮影する姿を直接見たという証言をとることができないかと考えはじめていた。

それは単なる好奇心のようなものから生まれてきたアイデアだった。岩波映画を辞めたのが一九六四年。その後の五年間に、父はいくつかのCMを残した。二〇代後半の、いわば父の人生の黄金時代ともいえる時期だ。

この頃の父は、自分の前に広がる将来を信じて疑わなかったはずだ。自分のすべての財産をなげうったうえに、借金まで背負って追いかける夢があった。そんな時期がぼくにあっただろうかという気持ちが、旅の終わりに生じていた。

父はプロダクションをたたんだあとも、いくつかの職を転々としながら映画の世界で再起することを画策していたという。もっとも輝いていた時期の父を、誰かの言葉を通して聞いてみたい。表現を志す者がたどった道が、ぼく自身と無関係には思えなかった。

また、もう少し空想が許されるのであれば、表現することをあきらめたときの気持ちを知りたいという思いもあった。父がどこで前に進むことをやめたのかという問いに、答えらしきものを見つけたかった。

表現を志す者を突き動かすのは、超越的なものにたどり着きたいという思いだろう。もっといいものを作りたいという思いは、常に次の作品へとかき立ててやまない。前に進もうとする者にとっての最大の障害が自分の生活にあることは、家族を持ったぼくも少なからず経験していた。

描きたいという気持ちはぼくにもあった。大学時代に夢見た世界を、二〇年以上経った今も捨てきれずにいるのは、まだ描き足りていないという思いがあるからだ。しかし父はその道をあきらめた。最終的に父にその選択を迫ったものは、いったい何だったのだろうか。

そのときの思いを知ることは、自分にとって不可避なものに思えた。表現する者がどのような軌跡をたどるのかは、父だけの問題ではなかった。

父が撮影に関わっていたことを、直接的に知り得るかたはいないだろうか。そう考えると、頭のなかに浮かんでくる名前は三浦布美子のほかになかった。

三浦氏については、あるインタヴュー記事が鮮明に記憶に残っていた。三浦氏の過去の記事を検索しているときだった。二〇一三年五月の朝日新聞のリレー記事で、「お酒とわたし」というタイトルで三浦氏が思い出を語っていた。

みなさん、お久しぶりです。清酒・黄桜のCMに出ていた日本髪に和服のと言えば思い出していただけるかしら。三年前に芸能界の仕事を整理して祖母から引き継いでいた「田毎てる三《ぞう》」として小唄の仕事をしています。

広告に出るようになったのは二十歳の時です。私は小さいころから祖母に小唄や踊りを仕込まれ、浅草の花柳界でお座敷に出ていました。ある日、黄桜の社長さん、だったと記憶していますが、違ったらごめんなさいね。とにかく、お座敷に呼ばれまして広告に、と声をかけていただきました。それから季節ごと年四回のポスター、テレビCMは年二回ぐらいだったかしら。黄桜さんとは、一〇年以上のお付き合いになりました。

黄桜の思い出といえば、これはもうひとつ話のようなエピソードがあるんですよ。ポスター撮影でのことです。初めはお水をお酒に見立てて飲んでいたんですが、そのうちカメラマンの先生が「どうも雰囲気が出ない」とおっしゃって、本物のお酒になったんです。はい次、はい次、とカットを重ねるうちに、私の目元がほんのりピンク色に染まってきました。

「ああ、いいね。いい感じだね」なんておだてられて、また一杯。もう一杯。いつの間にか八合ほども飲んでしまったんです。間の悪いことに午後の仕事が、ある大物俳優の方との舞台でした。酔っぱらってお酒くさいままで共演なんて不謹慎でしょ。お水をがぶがぶ飲んでなんとか務めました。今、思い出してもひやひやものです。

お酒は嫌いじゃないんですが、若いころは本当においしいと思って飲んだことは多くなかった気がします。引っ込み思案だったので、実はお座敷が苦手で、少しお酒を入れてから務めるなんてこともしばしばでした。黄桜のCMが大当たりしてからは、とにかく忙しかったし、お酒を飲む仕事も増えました。テレビではディレクターから「もっと雰囲気出して」なんて無理な注文がつくこともあったりして、苦いお酒もずいぶんありましたよ。

今は小唄の家元として、月に五日ほどお稽古をつけています。約六〇年ぶりに少し退屈な時間を楽しんでいます。毎日の楽しみが晩酌のお酒。ビール、焼酎、ブランデー。もちろん黄桜も。

早く夜にならないかな、なんてそわそわして、時々、明るいうちに始めちゃうこともあるんですよ。仕事で飲むのとは違う、幸せを感じるぜいたくなお酒です。やっぱりお酒は楽しく飲まなきゃね。（朝日新聞朝刊、二〇一三年五月一四日）

デビュー当時の三浦氏の生活を、的確に伝えたインタヴュー記事といえる。ぼくが注目したのは、カメラマンとのやり取りの部分だ。雰囲気が出ないので、本物のお酒を飲んだという。八合というのはずいぶんな量だが、三浦氏はそのときの経験をしっかりと憶えていた。

ポスターの撮影のときというのが本当であれば、相手が父である可能性は低いといわざるを得ない。しかし年二回のテレビCMをこなしていた時期のことであれば、カメラマンとの思い出がほかにあってもおかしくないのではないか。

勝手な思い込みにすぎないといわれそうなのはわかっていた。それなりに有名なカメラマンだったからこその記憶かもしれない。しかしここまで父の過去をさがす旅に時間を費やした以上、少し寄り道するくらいは許されるような気がしていた。

ぼくが三浦氏の秘書を務める臼杵吉春と会ったのは、埼玉県春日部の駅前にあるタリーズコーヒーだった。臼杵氏は妻と死別して以来、地元の春日部で一人暮らしをしている。ぼくはO市の実家に帰るついでに、時間をとってもらった。

臼杵氏は一九三九年、都内に生まれた。父は歌舞伎役者の二代目中村吉十郎で、子どもの頃から芝居が好きだったという。六二年に東宝の演劇部に入り、演出助手を経て演出、脚本を担当。八八年に演劇部のプロデューサーとなり、「放浪記」、「唐人お吉」、「おしん」など多くの作品を生み出してきた。

三浦布美子とのつき合いは古い。長谷川一夫の東宝歌舞伎で出会ったのがはじめてだったので、一九六〇年代にさかのぼる。七〇年代前半に山田五十鈴の美女絵巻シリーズに出演してもらい、演出助手だった臼杵氏と三浦氏は深くつき合うようになった。

三浦氏は浅草で芸者として鳴らし、小唄も家元を継ぐほどの腕前がある。歌って踊れる女優というのは、当時まだ珍しかった。三浦氏も参加した芝居の打ち上げで、「ぼくも小唄を歌えるんだよ」といったときの思い出を、顔を赤くして話したのが印象的だった。

「三浦さんの表情が一瞬変わってね、では歌ってくださいっていうんです。その顔を見て、ぼくは真っ青ですよ。プロに対して自分は、何てことをいっちゃったんだって」

「本当に歌えたんですか?」

「いちおう習ってはいたんです。大阪公演で下宿したときに、宿のおかみさんが小唄の先生で、教えてくれたんです。晩ご飯まで食べさせてもらってたんで、稽古だけ断るのも気が引ける。それ以来自己流で何曲か歌えるようになったんですが、そんなものがプロに通用するはずがない。あまりに下手な自分が情けなくて、弟子にしてくださいってお願いしたんです」

「歌舞伎役者だったお父様の存在は影響してるんですか?」

「ないといえば嘘になるでしょうね。父の後を継ぐことはできなかったのですが、何かでつながっていたいという思いはあったんだと思います。ぼくは声が高いでしょ。これが歌舞伎役者一家に育った、唯一の遺産かもしれないですね。小唄でも高い声は大事なんです」

臼杵一家は、祖父が初代吉十郎、父が二代目で、弟も子役として舞台に立ったことがあった。しかし歌舞伎の修行で苦労させたくないというのが、父の思いだった。別の世界に進みたいという子どもたちの思いを妨げることはなかった。

臼杵氏は入門して三年で田毎春三となり、浅草神社で名取り式も行った。いつだったか芝居の記者会見で、三浦氏と同席したことがある。三浦氏は芝居では臼杵先生と呼ぶが、稽古では自分が師匠と呼ばれているといって笑いをとった。

「あれから何度か三浦さんと話したんですけどね、やっぱり意思は変わらないみたいです。あのかたが芸能界から身を引いたときもそうだったんですけど、自分がどう世間に映るかを非常に気にされてるんです。足を痛めてから踊りもやめて、今は年に三回小唄の公演に出るだけです。きれいなうちに身を引きたいという思いが強いんでしょうね」

「水曜日の稽古だけでも見せていただくことはできませんか？」

そういうと、臼杵は考え込んだ。

「そっとしておいて欲しいんでしょうね。お母さまが亡くなって以来、親戚もいないので、ずっと孤独に暮らしていらっしゃいます。一人でお酒を召しあがるのが好きで、それこそ黄桜のＣＭみたいですよ。若い頃はお茶を飲む時間もなく飛び回ってたから、今はただゆっくりしたいんじゃないですかね。その気持ちはよくわかるんです」

諭すような臼杵氏の口調に、ぼくはそれ以上踏み込めなかった。

臼杵氏は六〇代の後半に、心筋梗塞で倒れたことがある。ちょうど「放浪記」の大阪公演の最中で、ジョギングに出ようとしていたときだった。すぐに病院に行ったので大事にはいたらなかったが、一ヵ月入院して舞台を休むことになった。不整脈で、不規則な生活と疲労が原因だった。

舞台を休むことにはためらいもあったが、出演者の言葉で吹っ切ることができた。

「公演は逃げませんから、待ってますよ」

森光子の言葉だったと思う。いつまでもつき合ってくれるという意味なのだろう。二〇〇〇回公演を実現したのは、数年後のことだった。三浦布美子と臼杵氏を結ぶのも、同じような芸に対する思いだった。

ぼくは面談のメモをまとめながら、何度も三浦氏の気持ちを想像してみた。三浦氏は、女優としての自分の姿がどう映るかを気にしていたという。かつて自分が持っていた輝きを知るがゆえの、プロとしての言葉なのだろう。

多くの人は、若き日のＣＭのイメージを三浦氏に描いている。その像を崩しかねないという恐れが三浦氏を踏みとどまらせていたのかもしれないが、ぼくが望んでいるものはそこになかった。

三浦氏の生活を写真に収めることが目的でなければ、当時の交友関係について関心があるわけでもない。ただ黄桜のＣＭに出演していた頃の思い出を語ってもらうだけでよい。そこに父の記憶がなかったとしても、仕方がないと思うしかなかった。

ぼくは趣旨を明確にして、再度面談を臼杵氏に申し入れたが、三浦氏から色よい返事をもらうことはなかった。五〇年も前の話だ。かすかに記憶に残っていたとしても、長い年月の間に変形してしまっている可能性は否定できない。

もうこのまま、面談することは叶わないのだろうか。時間が経つにつれて、ぼくのなかでも仕方がないという思いが強くなっていった。黄桜物語が父の記憶からも消え去りつつある今となっては、父が追いかけた夢まで消えてしまうような気がしてならないのが、唯一の心残りだった。

年が明けた二〇一九年の正月のことだった。

ぼくは黄桜のＣＭを持って、久しぶりに父に会いに行った。以前と違うのは、三浦氏からの手紙を手にしていたことだった。三浦氏との面談を要望したぼくに宛てて、臼杵氏から送られていたものだった。

おたずねの件ですが、当時はスケジュールにふりまわされ、ただ私がつとめるコマーシャルで、黄桜が少しでも多く、皆さまに愛されるお酒になってほしいと思って、お仕事をしていたと思います。

お目にかからない事、申し訳ございませんが、何とぞおゆるしくださいませ。

便箋には、三浦氏の筆で、面談できない旨が丁寧に記されてあった。

この内容を父に伝えるつもりはなかった。もともと、ぼくが勝手に動いていたにすぎない。では、自分は何を伝えに行くのだろうか。電車のなかで、父に会わなければいけないという気持ちと、会っても仕方がないという気持ちがごちゃ混ぜになっていた。

煮え切らない態度を見せれば、父は怒鳴り出すかもしれない。昔からだらだらとした話を聞くのが嫌いな性格だった。ぼくが小学校のテストの結果を伝えようとしたときのことだ。話の内容を口に出せずにいると、「はっきりいえ」と怒鳴られたことを鮮明に憶えている。

話しながら自分の思いを相手に伝えていくという会話のプロセスなど、父にとっては不要なものでしかなかった。常に結論と要点だけを求める性格で、そんな父にぼくはいつの間にか近づかないように心がけるようになった。

前回会ったときから、進展したものは何もなかった。父が撮影したと思われるＣＭがほかに見つかったわけではない。記憶を引き寄せる材料も新たにさがし出すことはできなかった。結論は何だ？　そう訊かれればうつむくしかないのは、小学生の頃のぼくと何ひとつ変わらなかった。

「お父さんがいってた松の木の映ったＣＭだけどさ、やっぱり見つからなかったよ」

ぼくはプレハブ小屋にあがると、椅子に腰掛けた。

「そうか……」

「いろいろ調べたんだけどね、やっぱり古すぎるのかな。記録が残ってないみたいなんだ」

「まあ、そうだろうな。だからＣＭはダメなんだよ。映画とは違うんだ。フィルムがすぐにダメになっちゃうから、保存できないんだよ」

穏やかな表情で、いつもの話をはじめた。

CMと映画には、ハード面に大きな違いがあるというのが父の持論だった。CMは映画と違ってフィルムが傷みやすいため、すぐに劣化してしまう。昔はコマーシャルフィルムというCMの映画版があったが、それ以外は保存するのがむずかしいという。

デジタル化が進んだ今となってはどこまで通用する論理か疑わしかったが、元カメラマンらしい、ハード面の特徴を捉えた映画に対する考え方といえる。ぼくは昔と同じ話を聞きながら、映画について語るときの父の目に宿る力に驚いていた。

父はいつも、自分の言動に後悔することがなかった。誰から何といわれようと、正しいと思ったことはとことん追求する。岩波映画を辞めたときも映画をあきらめたときも、決断に時間がかかったかもしれないが、自分の選択を否定するようなことはなかった。

映画について話すときに見せる、いつもの父の目がぼくの前にあった。本当のことかどうかはわからない。むしろ都合の良い記憶ばかりを選んで話しているに違いなかったが、ぼくには何度も同じところをめぐり続ける父の話が、耳障りでないのが驚きだった。

それは父の人生を、ぼくがたどり直したことから生じる感情かもしれなかった。いつの間にか、ぼくは父と同じ道を歩いていた。ともに旅をした者同士が思い出話を交わすような、奇妙な連帯感にたどり着いたことが、ぼくにとっては不思議だった。

「その話は何度も聞いたよ。CMなんてやろうと思えばできたけど、やる気がなかったんでしょ?」

「そうだ、よく知ってるな。俺は岩波映画にいたんだぞ。そんな経験のある奴は、あの頃のテレビの世界にはいなかったんだから」

「よっぽどうまかったんだね」

「テレビなんて、素人に毛が生えたような連中しかいねえんだ。当たり前だよ」

父はぼくの反応に満足そうに笑うと、昔を思い出すようにパソコンのモニターを見た。

何度も観た「勤王芸者」のＣＭが流れていた。桂小五郎を演じるのは近衛十四郎。逃げる桂に酒を渡すのが、若き日の三浦布美子だ。

場面が切り替わると、着物姿の女性が踊りながら妖艶な笑みを浮かべている。映像は古くなっても、華やかさは失われていない。女性が覗き込むカメラの奥には、恐れるものなど何もない若者の自信に満ちた瞳が光っている。

エピローグ

胃ろうと腸ろうが外れたことで、ようやく父は以前の日常生活を取り戻すことができるようになった。気分が良くなったと自分ではいうが、体調の回復は緩やかだ。貧血がひどく、貧血対策の注射を月に一回打っている。

身体がフラフラするといって、必要に迫られなければ外出したがらない。買いものに行っても店に入らず、母の車で待っていることが多くなった。病院でも移動は車椅子だ。身体を動かさなくなると、不思議と口数も少なくなる。母が気にしていたのは、認知症の進行だった。

父は、薬を飲む回数がわからなくなっていた。曜日の感覚が乏しく、指定された量の薬を一日に何度も飲んでしまう。母が正しい曜日を伝えても、「お前にはだまされない」と警戒を解かないのは、今までになかったことだ。

夜中に起きて、通帳をさがしはじめたこともあった。母を呼び出し、住宅ローンをどの銀行から支払っているか確認したいという。頭のなかは、いったい何年前に戻ってしまったのだろうか。徐々に家族にも不安が募ってきた。

メディカルセンターでは、奥井という内科の担当医師から、近く人工透析をはじめる必要が出てきたという説明を受けていた。父はどこで聞いたのか、透析をはじめれば痛みが和らぐと思っている。早く透析療法を開始して楽にしてあげたいが、その後の生活を考えると簡単な話ではない。週に数回病院に通う必要があり、自力で通えなければ母が車で送るしかない。透析は一回に三時間はかかるので、その都度つき合っていれば仕事を続けられなくなってしまう。もしもの場合に備えておく必要があった。

奥井医師の説明によると、四月一日に入院し、翌二日に手術、一週間入院して八日に退院の予定だという。今回の入院はあくまでも透析の前段階で、左手首の動脈と静脈をつなぎ合わせてシャントという太い血管を作るのが目的だった。実際の透析開始は二週間後になる。

母は三月末までは今までの仕事をこなし、父の実家がある千葉県N市と、母の実家のある小田原に墓参りに行く予定だった。四月からはアルバイトを減らし、父の体調次第で徐々に回数を増やしていくことにした。

シャントを作る手術は、問題なく終わっていた。意外だったのは腎臓の状態が急激に悪化したことで、急きょ首の血管にチューブを入れて透析を開始することになった。作ったばかりのシャントを、すぐに使うことはできないからだ。

父は入院後も体調が良くないようで、何度か輸血を繰り返していた。

「ぜんぜん元気がなくなっちゃってね」

母が電話で、愚痴をこぼしたことがあった。

「手術は予定通りだったんじゃないの?」

「いちおう終わったけど、状態がかなり悪いのよ。このままだと、入院も長引きそうね」

ぼくは、落胆する母の体調のほうが心配だった。電話越しに伝わってくる声が、弱々しくてよく聞こえない。疲れがたまっているのだろうか。いつも大きな声で話す母のきびきびとした口調に、早く戻ってほしかった。


予定を繰りあげ、人工透析が開始されたのは翌日のことだった。直前のオリエンテーションでは、母が看護師に処置の流れについて説明を受けた。父の状態次第だが、できれば四月中の退院を目指したいという。

入院中はメディカルセンターで、月曜日、水曜日、金曜日の午前中に透析の処置をするが、退院後はO市の実家近くのクリニックに通院できるようになるのが理想だ。

そのクリニックは実家に近いうえに、玄関まで父を送り迎えしてくれるという。隣接された薬局は、母がよく行くので顔見知りなのも安心材料のひとつだった。

一方で奥井医師からは、引き続きメディカルセンターに通うプランも示されていた。シャントがうまく機能しない場合は、身体のほかの部分から透析をする必要がある。そこまでの処置は一般の病院では対応してもらえなかった。

メディカルセンターは、スタッフがみな顔見知りという安心感もある。高齢になるほど慣れた病院に通うのが一番だが、距離的に遠いうえに一人で通うには不都合な点も少なくない。

父が一人で送迎バスに乗れるか不安があるし、バスのルートによっては時間がかかることもあるだろう。またバスを降りてから病室まで移動できるか不安だし、透析が終わったあとには、帰りのバスを待っていなければならなかった。

運動が不足しがちな父にとって、病院までの往復はリハビリにもなる。家族の負担を考えても、どうにか一人で通ってもらう必要があった。

透析の開始は障害者認定にあたるというアドバイスを受け、母は市役所に障害者認定や介護認定の変更を申請した。長期戦を覚悟すると、サポートは少しでも多くあったほうがいい。県民共済への保険金請求の手続きもとった。

ある日母が病院に行くと、父が談話室で休憩していたことがあった。この日はすでに透析を終わらせ、リハビリで病院の廊下を一周歩いたという。しかし思い通りに治療が進まないことに苛立つ毎日で、自発的に身体を動かすことはほとんどなかった。

問題は、父の血管にあった。高齢者に典型的に見られる傾向のようだが、父は血管が細く、左手首の内側のシャントがうまく機能しなかった。代わりに首の血管から透析しているが、これが日常生活を送るうえでかなりストレスになるようだった。

前日は、皮膚のかゆみがひどいので、いつものフルコートクリームが欲しいといい出していた。母に家から外出用の背広とズボンを持ってこいと命令し、着替えてタクシーで薬局まで買いに行くという。

しかし父は、立ちあがるだけで受付まで行く体力がなかった。ベッドに腰掛けると、しばらく文句をいっていたが、いつの間にかいびきをかいて寝てしまった。後日病院が出してくれたかゆみ止めの薬を渡すと、父は大事そうに引き出しにしまっていた。

意外なのは、Dさんという飲み友だちがお見舞いに来てくれたことだった。今まで入院していて、父の友人と名乗る人が訪れたことは一度もなかった。

Dさんは、実家の近所で庭師をしていた。明るい性格だが躁うつ病を患い、病状が悪化すると数ヵ月は部屋から出てこられないという。今は体調が良いようで、父の話し相手になってくれるのはありがたかった。

この日はDさんが実家に来たので母の車に同乗して病院に向かったが、翌日は道に迷いながらも一人で病室まで来てくれた。今後もできれば毎日来たいというが、時間がかかるのでこちらが心配になってしまう。

四月も末になり入院して四週間が経つと、父のイライラが限界に達しつつあった。病状に変化がないうえに、なぜ長引いているのか理由も理解できない。看護師やリハビリのスタッフに当たり散らす毎日に、母もやり切れなくなっていた。

奥井医師に相談すると、いったん退院して、家で気持ちを切り替えてから再度シャントを作ることを提案された。左手首に作ったシャントは、血液がうまく回っていなかった。抜本的な改善策ではなかったが、今は精神的に落ち着くことが大事だというのは母も実感していた。

退院が決まると、父はご機嫌だった。院内は、車椅子に乗らずに歩いて移動するという。自宅に帰ることができるというだけで、これほど前向きな気持ちになれるのがぼくには不思議だった。

今後もメディカルセンターに通うことになった。訊いてみると送迎バスを使うのは父だけなので、当面は自宅まで来てくれるという。不安が一つ減って、母の気分もだいぶ軽くなった。

父が退院したのは、当初の予定から一ヵ月以上遅れた五月一八日だった。

自宅に戻ってからの父は、身体を動かすことがほとんどなくなった。火曜日、木曜日、土曜日の午前中にメディカルセンターに行くのが唯一の外出で、買いものは母に頼んでいる。プレハブ小屋で横になり、ほとんどテレビを見ているだけの生活だ。

医師からは、家のなかでなるべく起きているようにいわれていたが、そんな気力も体力も残っていないようだった。

母が心配したのは、時間の感覚が失われていくことだった。毎日同じような生活をしているからか、曜日がわからなくなってしまう。病院に行く日を忘れないように、今日が何日か教えても、すぐに混乱して訊き返すことが多くなった。

「何でカレンダーは一日に一つずつしか進まないんだ？」と真顔で訊かれても、母はどう返していいかわからない。迎えのバスに遅れないように目覚まし時計をセットしようにも、その仕組みが理解できなかった。

「本当に八時に鳴るようにしてあるんだな？」

「ちゃんとセットしてあるから大丈夫ですよ」

「そうか。なら信じておこう」

どうにかその場はおさまったが、数分たつと母がもう一度呼ばれる。この繰り返しでは、誰が相手でも疲れてしまうだろう。

透析のほうは、左腕にシャントをいくつか作ったが、どれも相変わらずだった。一時的に首や胸でどうにか透析できているが、これでは衛生上懸念があるので、医師としても長く続けたくないという。

食欲があるのは、良い兆候だった。ぼくが見舞いに行った日は、茶碗一杯の白米と刺身を食べていた。食事の制限が緩くなったのは、透析をはじめた効果といえるかもしれない。だるいのは変わらないが、少し前は歩くことも食事をとることもできなかった。

そのくせ、口うるさいのだけは相変わらずだ。このところトラブルになりやすいのは、送迎バスの運転手だった。メディカルセンターの運転手は介護ヘルパーではないので、患者のためにドアを開けてくれる人のほうが少ない。

どこに行ってもお客様気分の抜けない父からすれば、そんな態度が許せないのだろう。患者である自分に対して不親切だといって、人格を否定するような文句を浴びせるところは、昔から何も変わっていなかった。

母のアルバイトは、週三回の介護施設と週五回のコンビニになった。介護施設では、おもに送迎の手伝いや食事の配膳をする。朝七時から一三時までと早いうえに、曜日によっては父が透析に行く時間と重なるため、なるべく回数を減らすようにしている。

メインは引き続きコンビニで、一七時から二二時まで働いている。仕事がきついからか高校生がどんどん辞めてしまったので、店としても母には続けて欲しいようだ。

今は透析にさえ通えれば、父は自立して生活していけるが、心配なのはこれからだ。車椅子の生活になっても送迎バスで病院に行けるとはいえ、状況次第では母がつき添わなければならないだろう。いずれは、介護施設に入ってもらうしかないのだろうか。母にはメディカルセンターから転院した後の、八日間だけ入院したR病院の記憶が鮮明に残っているようだった。誰にも話しかけられずに、死を待つだけに近い状態でお年寄りが並べられている。

「あんな雰囲気じゃ、生きてるっていえないからね。せっかく退院できたんだから、好きにさせてあげなくちゃ」

どうやら母には、誰にも父の最期を任せる気はないようだった。

初夏のある日のことだった。送迎バスが来るまで父のわがままを聞かされていた母にも、父が出かけるとつかの間の平穏な時間が訪れる。ぼくは母の話を聞く合間に、ふとノートを開いて母の立場から父の人生を眺めてみた。

母は二五歳のとき、三二歳の父と結婚していた。六一歳で父と離婚したが、その二年前から別れを父に切り出していたので、定年退職と同時に離婚するつもりだったのだろう。一〇年間の独身生活の後に、ふたたび父とよりを戻している。

父との結婚生活から逃げ出したかった気持ちは、誰も批判することなどできないだろう。家庭内暴力におびえながら、自分の仕事に加えてパン屋の手伝いをし、三人の子育てをしていた母が、子どもの独立後に求めたのは落ち着いた生活だった。

しかし母は、なぜか離婚したあとも父の面倒を見ることをやめなかった。これでは、父のための人生のようではないか。

「一緒に長くやってきたからね。ただの情よ」

再婚したときの気持ちを訊くと、母は笑って受け流した。しかしそれだけではないことは、ぼくも何となくわかっていた。

群馬県で一人暮らしをしていた父に何かと差し入れをしていたのも、高齢でアパートの契約ができなくなったという疑わしい理由でO市に戻ってきた父を受け入れたのも、見捨てることはできないという思いが母にあったからだ。

体調が悪くなった父を病院に連れていったのも母なら、父のわがままや不平を一身に受けながら看病したのも、自宅で介護できるようにいっさいのスケジュールを変更したのも母だ。ただの情だけで、これだけのことができるだろうか。

「だって、誰かがやらなくちゃいけないじゃない。あなたたちに押しつけるわけにはいかないでしょ」

そういうと、母はどこで聞いたのか、ある地方都市の実情を話した。

老人福祉の手厚さで有名なその都市では、老人一人で転入してくる例が増えているという。母としては、面倒を見切れなくなった家族を、行政に押しつけるようなことはしたくない。それは母なりの、意地のようなものだった。

「それにしたって、あの性格じゃね」

「まあね。私だって、介護してて嫌になるのはしょっちゅうよ」

「あんな性格だっていうことは、出会った頃にはわからなかったの？」

「むずかしい性格なのは、すぐにわかったわよ。でも私も若かったしね……」

母は二人分のコーヒーを淹れると、一つをぼくの前に置いた。

母が結婚したのは、大学を卒業して三年目だ。忙しくて、結婚相手の素性まで気にする余裕もなかったというが、ぼくには母の幼い頃の生活環境が大きく影響しているように思えた。

小田原市の国府津に戦後まもなく生まれた母は、「最底辺の生活」で幼少期を過ごしたというのが口癖だった。生まれた頃の家は、近所に住む知人の物置だった。六畳ほどの物置で、板の上にゴザを敷いて寝ていたので、それが畳だと思っていたという。

入り口の戸は閉め切れず、雨が降れば家のなかはびしょ濡れだ。夏はまだいいが、冬の寒さは耐えられない。ほとんど物乞いのような生活で、家庭訪問のときは先生が家のなかに入りたがらなかった。

母方の祖父である信三は、若くして心臓を患ったことで戦時下も召集を免れていた。夫婦ではじめたのが和菓子屋で、当初は物置の奥の流しでまんじゅうを作っていた。

終戦直後で、和菓子一個が一〇円ほどだった頃だ。一〇円の単価のうち、製造者には一円、販売店には二円が残るという話を、よく信三から聞かされたのを憶えている。

「何であいつらは売るだけで、俺たちの倍もらえるんだ？」というのが信三の不満の種で、いつか自分も店を開きたいと繰り返していた。

小田原市内の近所に土地を買い、店を開いたのは母が小学二年生のときだ。屋根と壁のある普通の家で過ごせるのが、夢のようにうれしかったという。信三は自分が中学校しか出ていないからか、子どもたちの教育には金を惜しまなかった。

信三は明治四〇年(一九〇七年)生まれなので、母は三九歳でできた子どもだ。かわいくて仕方なかった面もあるが、何から何まで口出しされるのが母には苦痛だったという。

最底辺の生活から、家を建てるまでにいたった男のプライドもある。家族に手をあげることはなかったが、家長に口ごたえすることは許されなかった。

母が今でもため息交じりに思い出すのは、小学六年生のときの遠足だ。信三は母の体力を心配して、三年生の妹と同じコースにしろという。下の学年の遠足について回って面白いはずがないが、親の命令に逆らうことはできなかった。

「何から何まで指示されるのが嫌でね。あなたたちを育てていたときには、なるべくうるさくいわないようにしようって決めてたんだけど、ついつい怒っちゃってたかもしれないね」

苦笑いする母の言葉は、そのままぼくが子どもに対して持っている思いでもあった。

母が大学に入学すると同時に学生寮に入ったのは、厳しい親との生活から抜け出したいからだった。自分に対する愛情から発せられているのはわかっていたが、信三が敷いたレールの上を走るような生活から、どうしても自由になりたかった。

そんなときに出会ったのが町田道良、ぼくの父だった。映画の世界で仕事をしているという父の生き方は、自由そのものに思えたという。結婚も離婚も就職も独立も、自分の力で行動する父の姿がまぶしく見えたという気持ちはわからなくもない。

決して映画の世界で成功したわけではなかったが、自分で人生を切り開いていきたいという気持ちが結婚を後押しした面もあるのだろう。

あれだけうるさかった信三が、映画の仕事を楽しそうに語る父に沈黙したのも大きかった。信三からすれば未知の世界だ。口うるさい男を黙らせる存在に、母ははじめて会ったような気がした。

「とにかく、昔から変わってたのよ」

「そうみたいだね」

ぼくが笑うと、母は懐かしむような表情をした。

「でも、あの人がパン屋をはじめたときは、頑張ってたのよ」

「三九歳のときだね」

「何度か話したかもしれないけど、雇った職人さんとすぐケンカしちゃって、職人さんが開店二日目に出ていっちゃったの」

「聞いてるよ。文句ばっかりいって、怒らせたんだろ」

母はうなずくと、両方のてのひらでコーヒーカップを包み込むいつものポーズをした。昔から、このしぐさで話をする母は、機嫌の良いときが多かった。

「おそらくあの人のことだから、パンなんて簡単にできると思ってたのよ。でもやらせてみたら、意外に手間がかかるもんだから、気に入らなくて。そんなんじゃ、給料なしだって怒鳴ったみたいなの」

「それは、誰でも怒るだろ」

「そのあとで職人さんが家まで怒鳴り込んできて、大変だったのよ。金払えって玄関のドアをガンガン蹴とばして、足あとが残っちゃって。それをあの人が証拠に残すから消すなっていうもんだから、いつまでもドアに泥の足あとがついてるのが恥ずかしくてね」

母はそのときのことを思い出すと、おかしくて仕方がないようだった。ぼくはノートにメモを取りながら、秘密を打ち明けるような母の表情をどうにかして記憶にとどめておきたかった。

「結局、二日分の給料は払ったの?」

「さあ、どうかしらね。忘れちゃったわよ。私があの人をすごいと思ったのは、その次の日なの。ケーキもパンも、ぜんぶ自分で作ったのよ」

「一人で?」

「もちろん。誰にも頼らずにね。適当だったと思うけど、お店も開いちゃったし、どうにかしなくちゃって必死だったんでしょうね。あれはなかなかできるもんじゃないわよ」

「お母さんも認めてるんだ?」

「だって、さんざん文句ばっかりいってた人が、ぜんぶ自分で作ることになるのよ。私なんかじゃとてもできなかったから、少しだけ見直しちゃったわよ」

ぼくは背の高いコック帽をかぶる父が、必死にパンを作る姿を思い浮かべた。

おそらくそのときも、父は文句をいいながらも後悔などしていなかったのだろう。イカサマをしてでも稼いでやろうっていう気持ちだったと思いますよ。沢本氏の言葉を思い出しながら、ぼくは自分がとんでもない思い違いをしていたのはないかという考えに襲われていた。

ぼくは今まで、父の人生のハイライトは二〇代の映画を追いかけていた時期にあると思い込んでいた。残された映像にこそ、父の追い求めていたものがあると思っていたが、もしかしたら二人にとっての黄金時代はそのあとにあったのかもしれない。

ぼくは、若かりし日の二人の姿を思い浮かべた。焼きたてのパンを前にして、驚きの表情を浮かべる母に、満足げにうなずく父の姿だ。気が短くて自己中心的で直情的な言動に出やすい父と、辛抱強いが慌てもので貧乏性の母。まぎれもなくぼくは、この二人の血を受け継いでいた。

二人の間には、ぼくの知らない思い出がまだ多く残されているはずだ。いったい自分は今まで、何を調べてきたのだろう。ぼくは次の予定をあきらめると、新しいページを開いた。今まで語られなかった人生の記録がはじまるのを待つことにした。

参考文献

『映像をつくる人と企業――岩波映画の三十年』（草壁久四郎、みずうみ書房）
『ＰＲ映画年鑑』（財団法人日本証券投資協会）
『作品目録』（岩波映画製作所）
『空白の五マイル　チベット、世界最大のツアンポー峡谷に挑む』（角幡唯介、集英社文庫）
『酒類食品人物シリーズ　私のアルバム　第９巻』（日刊経済通信社）
『わが師　芥川隆行　こころの語り芸』（平暎子、双葉社）

初　出

第一章から第四章までは、「現代ビジネス」（https://gendai.ismedia.jp/　二〇一八年二月一日〜八月九日）に掲載したものを加筆、改稿した。
第五章、エピローグは本書のために書きおろした。

登場する人物の肩書・所属などは、取材時のものです。

町田哲也
1973年生まれ．慶應義塾大学経済学部卒．大手証券会社に勤務する傍ら，小説を執筆している．主著に，『ナイスディール』(2014年，きんざい)，『セブン・デイズ 崖っぷちの一週間』(17年，光文社文庫)，『神様との取引』(19年，金融ファクシミリ新聞社)など．

家族をさがす旅―息子がたどる父の青春

2019年10月24日　第1刷発行

著　者　町田哲也《まちだてつや》

発行者　岡本　厚

発行所　株式会社 岩波書店
〒101-8002 東京都千代田区一ツ橋2-5-5
電話案内 03-5210-4000
https://www.iwanami.co.jp/

印刷・法令印刷　カバー・半七印刷　製本・牧製本

ISBN 978-4-00-061367-5　　Printed in Japan